衣裳戸棚の女

ピーター・アントニイ

朝まだき，長身豚軀の名探偵ヴェリティは奇妙な光景に遭遇した。町のホテルの二階の一室から男が現われ，隣室の窓へ忍びこんで行く。支配人にご注進に及ぶと，当の不審人物がおりてきて，人が殺されているとへたりこんだ。外では，同じ窓から地上におりんと試みたらしい人物がつかまり……。されど駆けつけてみれば，問題の部屋は，ドアも窓もいつのまにやらしっかり鍵がおりていた——射殺体と，衣裳戸棚に押しこまれたウェイトレスをなかに閉じこめて。英国劇壇の雄シェーファー兄弟が弱冠 25 歳で物した密室とユーモアの奇想天外なカクテル。戦後最高の密室長編と激賞される名編！

登場人物

ヴェリティ……………古美術蒐集家。素人探偵
ランブラー……………その友人。スコットランド・ヤードの警部
ミス・フレイマー……………ホテルの支配人
マクスウェル……………被害者
パクストン……………元事務弁護士
カニンガム……………元シティの会社員
アリス・バートン……………ホテルのウェイトレス
テッド・ウィニッジ……………その恋人
リチャード・テューダー……………自称リチャード四世
スウォッバー……………引退した建築業者
ロバートソン……………英国国教会の牧師
ジャクソン……………警部
ペラム……………医師
マシューズ……………巡査部長
ロックスリー……………巡査

衣裳戸棚の女

ピーター・アントニイ
永井　淳訳

創元推理文庫

THE WOMAN IN THE WARDROBE

by

Peter Antony

1951

カバー・挿絵

衣裳戸棚の女——陽気な探偵小説

両親に
心からなる愛と感謝をこめて

1

小さな田舎町アムネスティは、十五世紀以降かくも血なまぐさい死を知らなかった。この町はサセックス州にあって、その性格はおおよそ海浜の保養地といったところだった。町名の由来は、この町の浜であまりぱっとしない戦いが行《おこな》われたとおぼしい薔薇戦争まで溯《さかのぼ》る。最初の戦いではランカスター軍がヨーク軍を砂丘から町へ押しかえした。二度目の戦いではヨーク軍がランカスター軍を砂丘から海へ追いおとした。それぞれの戦いのあとで、町の繁栄を維持したいというもっともしごくな願望から、やや混乱した中立を選んで両軍を差別なく支持した町民に対して、大赦《ジェネラル・アムネスティ》が与えられた。

当時から現在までに、町の人口は五十名から五千名に増えた——五世紀の間に百倍というのはかなりの増え方である。最寄《もよ》りの町らしい町といえば、東に四マイルはなれたキャリントンで、このほうは一万二千の人口を誇っている。

アムネスティの男たちの主な仕事は漁業であり、主な楽しみは、週末にロンドンからやってきて、《大憲章《ザ・チャーター》》ホテルに泊り、月曜の朝いちばんにそわそわしながら車で引きあげる男女のカップルだった。アムネスティの《ザ・チャーター》はしばしば日曜新聞に登場した。

このホテルは目抜き通りのはずれにぽつんと立つ白亜の高い建物だった。町のなかでは文句なしにいちばん高く、疑いもなくいちばん快適な建物だった――ヴェリティ氏の別荘を除いては。

この物語はヴェリティ氏とかかわりがあるので――実際のところ、物語はヴェリティ氏が《ザ・チャーター》の正面玄関を眺めているときに目撃した出来事から始まる――まずは彼を紹介しておかなくてはならない。

彼はその肥満体を堂々と支えるのにちょうど見合った長身の巨漢だった。顔は目鼻立ちがくっきりして、肌はつやつや、赤銅色に陽灼《ひや》けしていた。青い目は小粒で、射すくめるような強い輝きを放っている。みごとな栗色のヴァン・ダイクひげをはやし、冬はおきまりのマントを着て、フランス・ハルス描くところの「笑う騎士」の老人版といった感じの、（ある人々にいわせれば教養豊かな）表情をたたえていた。もちろん今では探偵稼業の世界における名士となって久しく、スコットランド・ヤードから一目《いちもく》も二目《にもく》もおかれていた。実のところ、もしもそんなことが可能だとすればの話だが、嫌われているのとほとんど同じくらい尊敬されてもいた。

というのは、ヴェリティ氏は大いに嫌われてもいたからである。なぜかといえば、ひとつに

ヴェリティ氏

は彼が十中八九正しいからだった。また、事件が起きるとかならずしゃしゃり出て、所轄の警察が完全に行きづまってしまったときに、慇懃《いんぎん》無礼な態度をちらつかせながら、結局はお茶と夕食の間の短い時間でそれを解決してしまうという、許しがたい習癖も嫌われる理由のひとつだった。要するにこの才気縦横の、のっしのっしと歩きまわる、顎ひげの巨人に、ひとつだけだれしも我慢のならない点があるとすれば、それは素人のヴェリティによる啓蒙《けいもう》——彼の言葉がほかのだれの行動よりもはるかに説得力があるという事実だった。

彼はアムネスティの町はずれの、町を見おろす風の強い丘の上の「別荘」に住んでいた。その実体は三軒の漁師小屋を一軒にまとめた、低い中規模の家に毛がはえた程度の建物にすぎなかったが、彼はその家が気に入っていた。家全体が白一色に塗られ、《ペルセポリス》と名づけられていた。居間が、申し訳程度の狭いキッチンを除いて、家の端から端までを占めていて、さながら彫刻家のアトリエの観を呈していた。床には彫刻の台座が林立し、その上には古代の著名人たちの頭部またはトルソー（そしてまれにはその両方）がのっかっていた。ヴェリティ氏はその六十六年の生涯に、ギリシア・ローマ文化の国々を中心に、はるか遠くまで旅をしていた。そして訪れた先では徹底して美術品を漁《あさ》りまわった。事実、ヨーロッパのいかなる美術館の管理機関よりも多くの考古学出土品を盗みだしたと、本人が認めているくらいである。大理石が彼の専門であり、骨壺が余技だった。

七月のある朝八時少し前に、ヴェリティ氏は早朝のひと泳ぎのために《ペルセポリス》からの坂道をくだっていた。快晴の一日を告げる太陽が、東の空を赤く染めはじめていた。キャリントンの雷文《らいもん》模様入りの塔が、海辺にたちこめた靄《もや》を通してかろうじて見え、町に入るときに頭上の教会の塔の風見鶏《かざみどり》が彼の目をくらませた。ちょうど《ザ・チャーター》の前まできたとき、あるものを見て立ちどまり、通りの反対側の商店の破れた日覆いの下に身をひそめて様子を眺めた。ワイシャツ姿の一人の男が、人目を気にしながらホテルの二階の窓から出てくるところだった。だれにも見られていないことを確かめると、男はバルコニー伝いにすばやく隣りの部屋の窓に移動し、窓を押しあげて隣室に入りこんだ。そのあとで窓が静かに引きおろされた。

ヴェリティ氏は並はずれて好奇心旺盛だった。また、並みの人間以上に経験豊かだった。さらにその男の行動には黙って見すごせないなにかがあった。彼は急いで日覆いの下から出て通りを横切り、ホテルに入りこんだ。ほとんど投げやりに白粉《おしろい》を刷《は》いた生気のない顔の大柄な女が、ホールのデスクに坐っていた。彼女は帳簿らしきものに目を通していた。

「おはよう」と、ヴェリティはいった。「あんたが支配人かね?」

「そうですけど、なにか?」

「お初にお目にかかる。わたしの名はヴェリティだ。この町に住んでいる。残念ながらあんたと会うのは今日が初めてだ。言い訳するならば、今住んでいる小屋を建てるのに忙しくて暇がなかったんだよ」

「まあ……」

「そうなんだ。ところで、ミス――」

「フレイマーですわ」

「ひとつうかがうが、ミス・フレイマー、このホテルでは客が窓を出口がわりに使うのがふつうなのかね？」

「おっしゃることがよくわかりませんけど」

ヴェリティは質問をくりかえした。ミス・フレイマーが急に落ちつきのない微笑をうかべた。

「まさか……もちろんそんなことは……」

「ではおたくの二階で、まさにそれをやっている男がいるといったらどうするね？」

「なんですって？……まさかそんな……つまり、たいそう異常なことですわ」

「それを聞いて安心したよ」と、ヴェリティは共感をこめていった。「ましてその男が隣りの部屋に入りこんだとしたら、なおのこと異常だとは思わんかね？」

「隣りの部屋にですか？」

ミス・フレイマーはさっと腰を浮かした。

「そうだ。男が窓から出てきて隣りの部屋に入りこむのを見たんだよ。しかもじつに手慣れた感じだった。わたしはどうも気に入らんな」

「まあたいへん！」女支配人の顔には当惑よりも不安の表情があった。「なんてことでしょ

ミス・フレイマー

う！……」

「まあまあ、あんたをおどかすつもりはなかったんだ」彼はそういいながら相手をしっかり観察した。観察は彼の得意技のひとつだった。「ただその男の行動がちょっとおかしい、ちょっと——あんたのいうように——異常だと思ったんだよ。それ以上の特別な意味はなかった」

彼が話しているうちに二階で叫び声がして、一人の男が飛ぶように階段を駆けおりてきた。

「頼む！　警察を！」男は最後の段で立ちどまって、壁にもたれかかりながら叫んだ。「早く！　警察を呼んでくれ！」

「警察ですって？」

「そうだ、急いで！……マクスウェルさんが——死んでいる……殺されたんだ！」

ミス・フレイマーが短い悲鳴を発して、帳簿の上に倒れこんだ。そのはずみで倒れたインクの壺が一週間の仕事を台無しにした。

「さあ」ヴェリティは階段の髪振り乱した男に活を入れるように声をかけた。「よかったら手を貸しましょう」

しかし、ヴェリティがすぐにバルコニーにいた人物と気がついたその男は、床にへたりこんでわけのわからぬ独り言を呟《つぶや》くだけだった。

ヴェリティは器用に片手で電話を持ちあげながら、もう一方の手で女支配人を助け起こした。

「ゆっくり呼吸して」と、彼はいった。「手をはなしてもだいじょうぶと思うまでデスクにつかまってなさい」

ミス・フレイマーはデスクにしっかりつかまった。

やっとキャリントンの警察が電話に出たので、ヴェリティが事情を伝えた。

「ジャクソン警部だ」と、いかめしい声が答えた。「現場には発見時のままいっさい手をつけないように」

「発見者はわたしじゃない」ヴェリティはそう答えて電話を切った。

「ああ、なんてことだ！」と、床にへたりこんだ男がいった。「恐ろしい……こんなところへこなければよかった」

「落ちつきなさい」と、ヴェリティは一喝《いっかつ》し、ミス・フレイマーのそばをはなれて男を助け起こしに行った。

だが男はなおも呻《うめ》きつづけた。

「もうだめだ」と、彼は息も絶えだえにヴェリティにいった。「これで一巻の終りだ……ここへくるべきじゃなかった……わたしはどうすればいいんだ？」

「死体のところへ案内してくれ」ヴェリティはてきぱきといった。「あんたはここにいなさい、ミス・フレイマー」

「いえ……わたしはだいじょうぶ……本当です」

玄関ホールの高いドアからさしこむ輝かしい朝の光が、厚化粧の下で震えている彼女の血の気のない顔を照らしだした。額《ひたい》にはインクのしみがついていた。明らかにひどいショックを受けていた。

「しかし、警察が到着するまであんたがここにいてくれるほうがずっといいと思うんだが」

彼女はかすかな笑みをうかべて、壁際《ぎわ》の背の高い椅子におとなしく腰をおろした。

ヴェリティ氏は男のほうに向きなおった。

「お名前は？」

「この方《かた》はパクストンさんですわ」本人はとても答えられる状態ではないと見て、女支配人が緩慢な口調でいった。

「それじゃ、パクストンさん、二階へ案内してもらいましょうか」

パクストン氏は驚いて目を丸くした。だが、口はぱくぱく動くものの、言葉にはならなかった。彼は小柄な男で、青白い顔と白っぽい砂色の髪が、大きな眼鏡の漆黒《しっこく》の縁《ふち》ときわだった対照を示している。人形のような頭を壁にもたせかけ、小柄な体をヴェリティの太い腕に支えられて、かろうじて倒れずにすんでいる今の姿は、なによりも踏みつぶされた操り人形に似ていた。

「行きましょう」ヴェリティはたった今降りてきた方向に男の向きを変えさせながらいった。

「だがその前に、ポケットに入っている銃を渡しなさい」

パクストンはぼうっとした顔でポケットから銃をとりだし、ヴェリティに渡した。

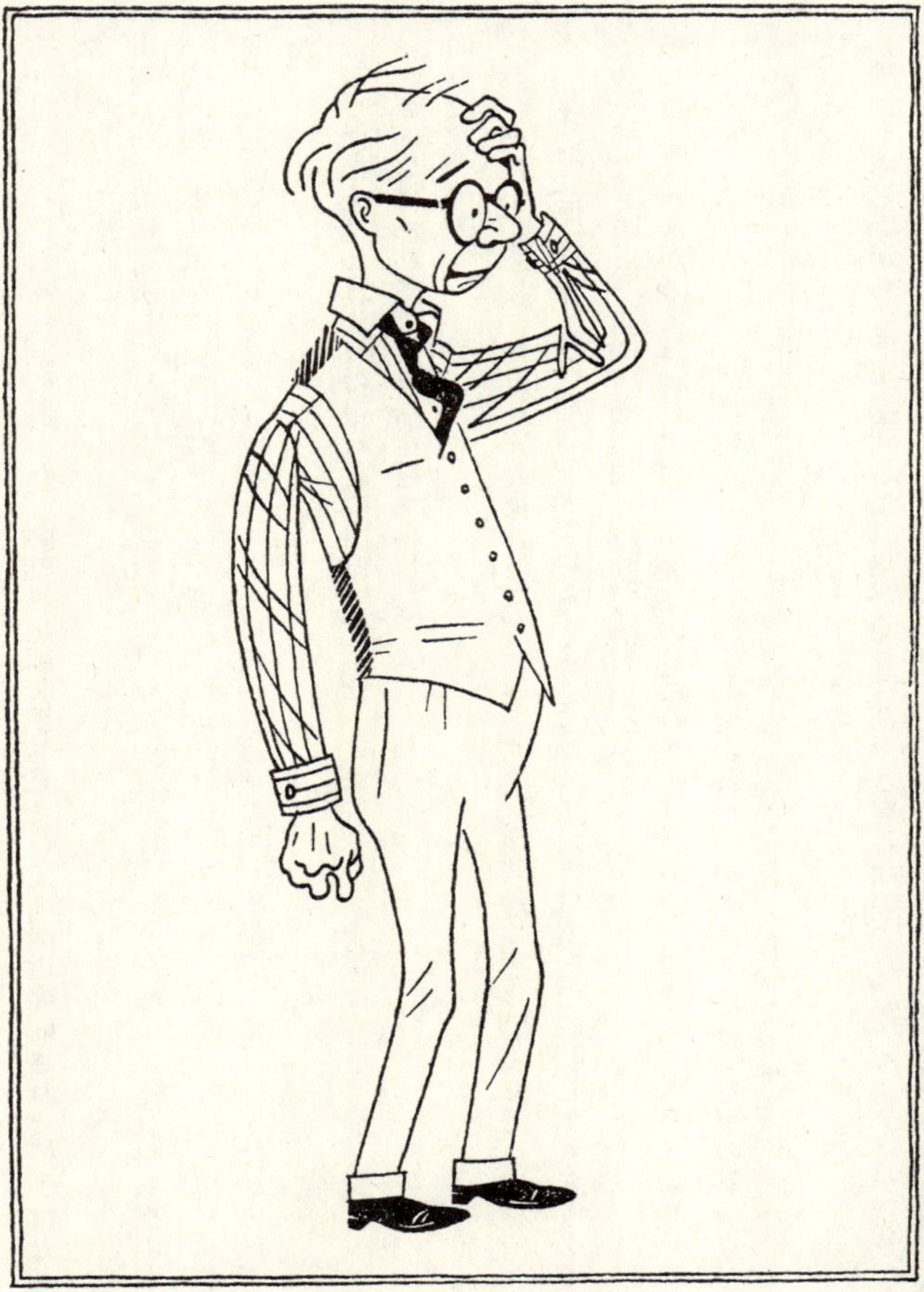

パクストン氏

ヴェリティはそれを仔細《しさい》に調べた。弾丸は全部装塡《そうてん》されていて、最近発射された様子はなかった。

「よろしい。では案内してください、変な真似はしないように。そうそう――それから途中なにか変ったことに気がついたら教えてくださいよ」

「それはどういう意味ですか？」パクストンは矢つぎばやの指示に動揺して、喘《あえ》ぎながらたずねた。

「なに、たとえばわれわれの足もとの血痕ですよ」

パクストンはあわててまわりを見まわした。

「血痕ですって？」

「そう、あなたが床にへたり込んだあたりのね」ヴェリティは階段の下の黒ずんだしみを指さした。「それに服にもかなり血がついていますよ。それについてはあとで説明してもらう必要がありそうですな……では、行きましょう」

彼らは二階へあがって行った。ヴェリティ氏の目の前に、ぴかぴかのナンバー・プレートのついたクリーム色のドアが両側に並ぶ、広い廊下が現われた。パクストンは三号室の前で立ちどまった。

「どうぞお先に」と、ヴェリティが礼儀正しくいった。

小男はためらいがちに把手《とって》を回した。だがそれはびくともしなかった。ヴェリティが元気づけるように微笑をうかべた。

「もうちょっと力を入れて」

「無理ですよ！」パクストンはだだをこねるように叫んだ。「鍵がかかっているんです……見たらわかるでしょう」

　彼は乱暴にドアを叩きはじめた。

「鍵がかかっている？」

　振りむいたパクストンの顔が怒りで青ざめていた。

「誓ってもいい――鍵をかけたのは、誓ってわたしじゃない！　ああ、なんてことだ！……」

「鍵はおそらくあなたが考えている以上に簡単に見つかりますよ」と、ヴェリティは険しい口調でいった。

「違う――わたしは絶対にかけていない！……それはそうと、あんたはいったい何者だ？」

　下の玄関ホールから取っ組みあいの音が聞えてきた。ミス・フレイマーのただならぬ叫び声に続いて、男の声が――土地の人間の訛りで――どなった。「おい、やめろ！」そしてしばし揉《も》みあう気配があった。探偵はパクストンの肩を鷲づかみにして、ほとんど小脇に抱えこむようにしながら階段をおりはじめた。ホールには、屈強な警官に羽交《はが》いじめにされた四十がらみの男の姿があった。ヴェリティは男の胸の黒ずんだしみに気がついて、もっと近づいて見るためにパクストンから手をはなした。

「目新しいファッションですな」と、彼はその色をパクストンの服のしみと見くらべながら、落ちついた口調でいった。「よくやった、巡査君」

「きみは何者だ?」と、捕えられた男が食ってかかった。

「あんたの到着前に、このパクストンさんにも同じことをきかれたよ! なぜかわからんがね。わたしを知らない者はおらんはずだが!」彼は巡査のほうを向いて同意を求めた。「そうだな、巡査君?」

巡査はこの界隈《かいわい》でヴェリティ氏を知らぬ者はいないと請《う》けあった。

「ヴェリティだと? あの素人探偵の?」男は女支配人に向かって顎をあげて抗議した。「ミス・フレイマー、この男にわたしがだれだか教えてやってくれ。わたしをつかまえてたこの間抜けも知りたいだろう」

「いいですとも。こちらはカニンガムさんですわ、みなさん。きっととんでもない誤解ですよ」

「ホテルの客かね?」

「そうです。申し分のないゼントルマンですわ。ほんとですよ、ヴェリティさん」

カニンガム氏はなにもいわなかったが、申し分のない紳士ぶりと、傷ついた自尊心と、超然たる態度を同時に演じようとした。

「しかし」と、ヴェリティがきいた。「彼はなんでつかまったのかね? まさか彼もまた、だ

カニンガム氏

した。

ミス・フレイマーの体がわずかにデスクのほうに傾いた。さすがのヴェリティ氏も頭が混乱

「違います」と、巡査は無表情に答えた。「出てくるところをつかまえたんです」

れか他人の寝室に入りこもうとしてつかまったんじゃないだろうな」

「アムネスティの住民の生活はたいそう平穏無事だと見えるな」と、ようやく彼はいった。

「きっととんでもない誤解ですわ……」と、ミス・フレイマーが頑《かたく》なにくりかえした。「きっ

と……とんでもない誤解が……」

ヴェリティが彼女に一礼した。

「あんたのいうことならたいてい信用するよ。ミス・フレイマー。ところで、ちょっとマスタ

ー・キイを貸してもらえんかな？」

「それが、その、じつは――」

「ありがとう」ヴェリティは巡査のほうを向いた。「きみは彼が窓から出てくるところを見た

のかね？」

「そうです。えらく身軽でしたよ。あっという間《ま》に雨樋を伝っておりてきました。地面におり

るまでわたしが下で待っていることに気がつかなかったようです」

「またしても視覚が速度の犠牲になったというわけか」と、ヴェリティが呟いた。「近代のジ

レンマはいたるところに出現するようだ」

カニンガムが腹立たしげに悪態をついて、巡査の手を振りほどこうと身をよじった。

「いいか、ヴェリティ、もう我慢がならん。どんなふうに部屋から出ようとわたしの勝手だろう!」

「そうですな。このパクストンさんも部屋の入り方について同じ意見をお持ちのようだ。ところで、巡査君、わたしの捕虜をきみの捕虜に紹介させてくれたまえ。パクストンさん――カニンガムさんです」

二人の男は無言でにらみあった。彼らが初対面でないことは明らかだった。

ミス・フレイマーは夢中でデスクの上をかきまわしていた。

「すみません」彼女は落ちつきをとりもどしていった。「マスター・キイが見つからないんです。ゆうべ確かにこの釘にかけておいたんですけど」

「もういい」と、ヴェリティが無造作にいった。「どうせ見つからないだろうと思っていたんだよ」

「でも、どうして……?」

「殺人を容易にするため――あるいは犯行の露見を防ぐためだろうな」

「殺人?」巡査がぽかんと口をあけた。「殺人ですって?」

「そう、だれかが二階で殺された。このお二人の上着についたしみから、大量の血が流されたことが推論できるだろう。キャリントンのジャクソン警部がもうすぐ到着する。とくに現場にはいっさい手を触れるなとのお達しだ。一緒に表《おもて》に出て彼らの到着を待つとしよう。そうそう……もうカニンガムさんをはなしてやりたまえ。なにかを隠そうとしても今となっては手遅れだ――マスター・キイと、それに自制心だけはすでに隠しおえたらしいが」

彼が陽ざしの明るい通りに出て行くと、巡査も半信半疑であとを追った。二人の容疑者はミス・フレイマーとともにホールにとりのこされ、彼女はなにがなんだかわからないといった面持で二人をみつめた。男たちは青ざめた顔で震えながら、たがいに鋭い目で相手を観察しはじめた。

「朝から興味津々の一日だな」と、ヴェリティが楽しそうにいった。「ところで巡査君、カニンガムさんが出てくるところを見たのはどの窓かね?」

「あれです――雨樋の左側の、端から三番目ですよ。いや……待ってくださいよ……その隣りの窓かもしれません」

朝からほとんど絶えることがなかった微笑が、初めてヴェリティ氏の口もとから消えた。数分前にパクストンが入りこんだ窓に、今は赤味がかったしみがついていた。

「どっちの窓かはっきりしないのかね?」と、彼はやきもきしながらきいた。

「はい、正直いって自信がありません。三番目に間違いないと思うんですが、そうともいいきれないような気もします。雨樋にとりついているのに気がつくまでは、ちゃんと見てませんでしたから。ひょっとすると四番目かもしれません」

「どうせ指紋は残ってないだろうからな」と、ヴェリティは残念そうにいった。「直感でわかるよ」

「二階へあがってみなくていいんですか?」と、巡査が心配そうにきいた。

「お歴々が到着してからだ」老人は上の空で答えた。「楽しめるうちに陽ざしを楽しんでおくとしよう」

目抜き通りのはずれから、ジャクソン警部と巡査部長一人と三人の巡査を乗せた車が疾走してきた。かくて《ザ・チャーター》の玄関前で、キャリントンの警察当局の主役たちとアムネスティ唯一の知恵者が顔を合わせた。

2

ヴェリティ氏の提案で、パクストンとカニンガムは食堂に足止めされた。二人の容疑者は予約《リザーヴ》の札が置かれた小テーブルに向かいあって坐り、警官が一人見張りについた。ミス・フレイマーはまだマスター・キイを見つけることができず、ついに泣きだしてしまった。

「もうこれ以上時間を無駄にはできん」と、ヴェリティがいった。「こうなったらなんとしてでもあの部屋に入らなくては」

「窓から入る手があるじゃないですか」と、ヴェリティに続いて階段をあがりながらジャクソンがいった。彼は二十九歳になるあから顔の男で、探偵の前では緊張のために態度がぎこちなかった。

「きみの部下が窓から入りこんだら最後、あらゆる手がかりが永久に失われてしまうよ」

「しかし――」

「ひとつだけ方法がある。どうせ古い錠だ。パクストンの銃を使うとしよう」

ミス・フレイマーがそれを聞きつけて抗議する間《ま》もなく、錠が撃《う》ちこわされて、はずみでドアがひとりでにあいた。目の前に現われたのは惨憺たる光景だった。まず目についたのは血だ

ジャクソン警部

った。カーペットも、皺くちゃのベッドも、壁も、カーテンと窓ガラスも、あらゆるものが血だらけだった。床には倒れた家具、衣類、本や書類、ゴルフ・クラブのセット、二本のウィスキー・ボトル、そなえつけの歯磨きコップなどが散乱して、足の踏み場もなかった。乱雑をきわめる部屋のなかの、ドアと、右側の壁をふさいだ大きな衣裳戸棚の間に、死体が横たわっていた。床にうつぶせになって、まだシルクのパジャマを、かつては白かったが今は血で赤く染まったパジャマを着たままだった。

「検屍がすむまで動かすな」と、警部が巡査部長に指示した。

「さわりたい者はおらんだろうがね」と、ヴェリティがつけくわえた。

たしかにそんな酔狂《すいきょう》な者は一人もいなかった。巡査部長と二人の巡査が細心の注意を払って血だらけの塊《かたまり》をよけて通り、部屋のなかを丹念に調べはじめた。

「激しい格闘があったようだ」と、ジャクソンがいわずもがなの感想を洩らした。「相当に激しいやつが」

「そのときわたしは大声で歌いながら坂道をくだっていた……」

「なんていいました?」

「いや、なんでもない」ヴェリティは肩をすくめていった。彼は窓際に立って外の通りを見おろしていた。「ねえきみ、この事件はまさに興味津々だよ。じつに面白くなってきた」

「どういうことですか?」と、ジャクソンが詰問《きつもん》口調でいった。

ヴェリティはにやりと笑った。

「そりゃ、鍵のかかったドアまでは、まあわかるよ――しかし、窓にまで鍵がかかっていたとなると!……」

「なんですって? まさかそんな!」

「ところがそうなんだよ――内側からしっかり鍵がかかっている」

ジャクソンが窓のほうに急いだ。二人は言葉もなく、血のついた窓を一緒に眺めた。もちろんヴェリティのいうとおりだった。

「医者はいつ到着するのかね?」と、ようやく探偵が質問した。

「この町の医者に電話しました」と、ジャクソンが早口で答えた。「そのほうが手っ取り早いと思ったんです。名医ですよ」

「それで?」

「留守だったので、家政婦に伝言を頼んでおきました」

「家政婦はいつ戻るといったのかね?」

「間《ま》もなくだそうです。トレッチャー夫人の往診に行ったんですよ。夫人は週に三回彼を呼んでいるらしいですな」

ジャクソンが初めて笑った。

「しかしほんとですかね。このアムネスティではだれも病気なんかしないようだ。ペラム先生はここの空気のせいだといってますよ」

「クック旅行社はそのことをポスターで宣伝すべきだな」と、ヴェリティが辛辣な口ぶりでいった。「『しあわせなアムネスティへ来《き》たれ！　アムネスティは病気を治すと同時に殺しもする』とね」

「そうですね」と、ジャクソンが相槌を打った。

彼は床に四つん這いになってカーペットをくまなく調べていたが、この尊大な老人のもとで第二ヴァイオリンを弾《ひ》かされる役まわりを快《こころよ》く思っていなかった。だから部屋の隅に落ちていたリヴォルヴァーを見つけたときには、明らかに鼻高々だった。

「気をつけろ、マシューズ、指紋に注意するんだ！」

この戦果は無表情な巡査部長によって注意深くハンカチにくるまれた。

ジャクソンはそれを鼻に持っていった。

「発射されてから間《ま》がない」と、彼はいった。「四五口径の軍用拳銃で、弾丸が二発なくなっている」

「上出来だ」と、ヴェリティがほめた。「きみの鑑識係はひどく忙しくなりそうだな」

ジャクソンはうなずいて、さらにてきぱきと動きはじめた。ほどなく彼の部下が近くのカーペットの上に落ちていたドアの鍵を発見した。被害者の持物で、ジャクソンがとくに重要だと判断したものは、注意深く包装されて机の上に置かれた。さまざまな小物や書類を調べはじめたとたんに、奇妙な呻き声とがさごそという物音が聞えた。

「衣裳戸棚だ！」とジャクソンがいって、すばやく行動に移った。「くそっ！――この扉は自動ロック式だ。鍵がないとあかないぞ！」

戸棚のなかでまたがさごそ音がして、だれかが苦しんでいるような声が聞えた。やがて、四人が無言で見守るうちに、鍵穴に鍵が差しこまれる音がはっきりと聞えた。把手《とって》が回り、扉がゆっくりあいた。

戸棚の床には、足首をロープできつく縛られた若い女がうずくまっていた――ブルネットの髪を編んでおさげにしていた。ジャクソンの見るところ、女は美人だった。ヴェリティの見るところ、彼女はウェイトレスだった。

「たった今口がきけるようになったんです、ほんとに」彼女は猿ぐつわらしきものを持ちあげて見せた。その手首から一本のロープが垂れさがっていた。「手が自由になるまでずいぶん時間がかかってしまって」

「どれくらいこのなかにいたのかね？」と、ヴェリティがきいた。

「そりゃあもう、何時間も何時間も！……」そういって彼女は泣きだした。

彼女は女のアクセントが上品なことに気がついた。人間、緊急時にはかならず話し方にお里が出てしまうものだ。

「それは文字どおりの意味かね？」

「頭が痛くて……」

「実際のところ、どれくらいここに入っていたんだ？」

「今は無理に話さなくていい」と、ジャクソン警部が助け船を出した。これは映画のなかでだけ見られる助け船で、映画では女たちがときおりその言葉に甘えることで知られている。

「なにをばかな！」と、ヴェリティがいった。「すぐに話しなさい！　泣いてナフタリンの匂いを吸いこめば吸いこむほど、話にとりとめがなくなる。いったいなにがあったんだ？……ああ、頼むから早く彼女を外に出してやれ！」

ジャクソンがたいそう器用に女を戸棚のなかから抱きあげて、マクスウェル氏の死体はもちろん、部屋のなかの血もあまり見せないようにしながら外へ運びだした。二人の警官が現場をくまなく調べるために残り、もう一人はヴェリティ氏に続いて階下におりた。

「まあ、アリスじゃないの！」と、ミス・フレイマーが叫び、怒ったような顔をして駆けよってきた。「けがをしているんですか？」

ミス・フレイマーは涙を封じこめることに成功したらしく、ふだんの物に動じない態度を取り戻していた。

「いや、ちょっとおびえているだけだ」と、ジャクソンが答えた。「ここはわたしにまかせてくれ」

「ええ、いいですけど、でも――」

「しばらくわれわれだけになれる場所はないかな?」

「こちらでどうぞ!」ミス・フレイマーは談話室《ラウンジ》のドアをあけながら怪しむようにいった。

「ほかにはなにか?」

「それだけだ——今のところは。差し支えなければつぎにあんたからも話を聞きたい」

「デスクにおりますからいつでもどうぞ」と、彼女はてきぱき答えた。

ヴェリティは警部と女に続いて談話室に入りながら、いわゆる「一流の」シーサイド・ホテルで働く女たちは、なぜこう揃いも揃って突慳貪《つっけんどん》な態度を示すのだろうと考えていた。

「この種の不快は場所を選ばないようだ」と、彼は独り言をいった。

「はあ?」と、しんがりの巡査部長がいった。

「ジャクソン警部がアリスを運ぶのを手伝ってやれ」

「心配はいらん」ジャクソンはそういって、当惑顔の女を自分の足で立たせた。「さあ……」

談話室《ラウンジ》はその手のたいていの部屋よりも明るかった。広々として、敷物は上等で、グリーンのヴェルヴェットのアームチェアがたくさんあった。中央に大きなマホガニーのテーブルが置かれ、そのまわりを小テーブル群が衛星のように囲んでいた。小テーブルの無数の灰皿と《スフィア》誌のバックナンバーが、ミス・フレイマーの客を「くつろがせる《トウ・ラウンジ》」役目を果しているのだろう。ジャクソンが巡査部長のほうを向いていった。

「この部屋を捜査本部にしよう、マシューズ。いずれここで全員から話を聞く」

「わかりました」

「二階の仕事がかたづいたら知らせてくれ」

「はい」

「それから医者が到着したらすぐに連絡を頼む」と、ヴェリティがつけたした。

「承知しました」

警部は大テーブルに近づき、鉢植えをテーブルの端に移動させて腰をおろした。

「さてと」彼はアリスに声をかけた。「気分はどうかね？」

女は籐《とう》の長椅子に坐ってこめかみを押えていた。きつい顔だちの美人で、小造りな顔が緊張でこわばっていた。彼女の視線はあから顔の警部と、その後ろのフランネルを着たヴェリティ氏の肥満体の間を行ったり来たりしていた。ヴェリティ氏のふさふさした眉毛の下の青い目は、燃えるような集中力で彼女の上に釘づけになっているように見えた。彼女は本能的に顔をそむけてその視線を避け、仕方なしに警部のほうを向いた。

「質問に答えられる気分になったかね？」と、警部がきいた。

「ええ、もうだいじょうぶです……わたしも話したいんです」

「よろしい」ジャクソンは励ますような微笑をうかべた。「きみの名前はアリスだったな？」

「ええ。アリス・バートンです」

「ここのウェイトレスだね？」

アリス・バートン

「そうです」

「いつからここで働いている?」

「二週間前からです」

「よろしい。マクスウェルさんを知っているかね?」

「どなたですって?」

「マクスウェルさん。目下《もっか》われわれは彼が死んだ状況を調べている」

女はぽかんと口をあけたが、声が出なかった。彼女は全身で、寝耳に水の驚きと——ヴェリティがその美しい目に認めた、隠そうとしても隠しきれない安堵感を表わしていた。

「シラクサだ」と、ヴェリティ氏はなかば独り言のようにいった。

「なんですって?」

「あとで説明するよ、警部」彼は小テーブルのひとつに歩みよって、積んであった《スフィア》の一冊を手に取った。

気の毒なアリスはすっかりおびえていて、言葉に詰まったり泣き声を圧《お》し殺したりしながら、しどろもどろで話しはじめた。

「わたし、部屋へ呼ばれたんです——本当なんです」

「だれに呼ばれたのかね?」と、ジャクソンがきいた。

「マクスウェルさんです」

「何時ごろ？」

「七時半ごろです」

「ほう？」

「すぐにきてくれといわれました。じつは……いつもわたしが注文をきいていたんです——だから、もちろん行かないわけにはいきませんでした」

「『注文をきいていた』とはどういう意味かね？」

「それが、マクスウェルさんはとても変った方《かた》でして。いつもお部屋で食事をなさるんです……独りっきりで。で……いつもわたしが食事を運んでいました」

「ほかの者が運ぶことは一度もなかったのかね？」

「はい」

彼女は躊躇《ちゅうちょ》し、用心深く彼をみつめた。

「妙な話だと思わなかったのかね？」

「思いました」

「きみは今しがた『行かないわけにはいきませんでした』といった。ということは、本当は行きたくなかったのかね？」

ミス・バートンはぱっと顔をあからめて目を伏せた。

「いやだったというわけではありません」

ヴェリティ氏は《スフィア》で隠した顔をほころばせた。若いの、なかなかやるわい、という心境だった。

「続けなさい」と、ジャクソンが促《うなが》した。

「それで、朝食の注文をききに二階へ行きました。彼はひどく時間をかけて注文し――いつもそうなんです――やっと注文が終るというときに……」

「どうした？」警部がすかさず促したので、彼女は取り乱さずにすんだ。

「覆面をした男がドアから入ってきたんです！」

「覆面だって？」

「マクスウェルさんは朝食になにを注文したかね？」と、ヴェリティが口をはさんだ。

「キドニーズ・アンド・ベーコンです」声が震えていた。

「そんなことはどうでもいい」と、ジャクソンが腹立たしげにさえぎった。「その覆面をした男だが――なにをしたのかね？」

「拳銃を持っていて、わたしに、両手をあげて部屋の隅へ行くよう命令しました。それから男とマクスウェルさんが激しい口論を始めたんです」

「口論？　原因はなんだ？」

「よくわかりません。あんまりこわかったので注意して聞いていなかったんです。たしかお金のことでした。そうそう――思いだしました。覆面の男が、『もう最後の一シリングまできみに払ってしまったんだよ、マクスウェル』といったんです。そのことはおぼえています」

「で、それからどうなった？」

「二人は取っ組みあいの喧嘩を始めました」

「男が銃を持っていたのにかね？」

（ジャクソン警部はかんどころをしっかり押えていた）

「そうなんです。マクスウェルさんが男にとびかかって取っ組みあいを始め、部屋じゅうをころげまわりだしました。おかげで部屋のなかはめちゃめちゃです。わたしはこわくて声も出せません……やがて、とつぜんものすごい音が鳴りひびいて……銃が発射されました。マクスウェルさんが……背中を撃《う》たれて……」

彼女はまたわなわなと震えだした。ジャクソンが急いで言葉をはさんだ。

「なるほど。それで？」

「わたしはそこで気を失ってしまいました。その直前に覆面の男を見たんですけど、彼はマクスウェルさんを抱きかかえるようにして部屋のなかを引きまわしていました――壁やドアにもたせかけるようにして――まるでダンスをしているようでした。あんな恐ろしい光景は見たことがありません。血がどくどくと流れて……」

「そして気がついたら衣裳戸棚のなかにいたわけだね？」

「はい。そしてすぐ横に、手の下に鍵が落ちていました」

「驚くべきことだ」と、ヴェリティがいった。

「信じていただけないんですね？　わたしがマクスウェルさんを殺したと思っているんですね？」

「なぜきみが彼を殺さなきゃならないのかね？」と、ヴェリティがやさしく問いかえした。

「きみの朝食が気に入らなかったからか？」

アリスはわっと泣きだし、警部が助け船を出した。

「さしあたりこれぐらいにしておこう、ミス・バートン。気持が落ちついたところで続きを聞くことにする。ロックスリー！　ミス・バートンになにか飲物をやってくれ。すんだらまたここへ戻ってこい」

「承知しました」

ロックスリー巡査は職務上許される範囲の思いやりを示して、ミス・バートンを部屋から連れだした。

「おかしいですね」と、ジャクソンが考えこむようにいった。「マクスウェルが死んだといったとき、彼女はひどく驚いた様子だった。たぶんあれは演技で、そのあとでこれから話そうとする内容と矛盾することに気がついたのかもしれませんね」

「わたしは話よりもあの表情を信用するね」と、ヴェリティは雑誌をテーブルに戻していった。

「つまり、その二つが両立しないとしたらだが」

「彼女はマクスウェルが死んだと聞いてほんとに驚いたということですか？」

「そうじゃないが、マクスウェルが死んだという現実をすぐには受けいれられないほど彼を嫌っていたんだろう。あれは疑いもなく安堵の表情だった。夢としか思えないことが現実となってほっとしている表情だったよ」

「そうかもしれませんね」

「あれと同じ表情を、以前シラクサの近くで掘りだした大理石像の顔に見たことがある。おそらく彼女のおさげ髪で思いだしたんだろう。あの微笑には道徳心が見え隠れしている――古代ギリシアで、神々に支配されていた人々が、悪業が断罪されるのを目《ま》のあたりにしたときにうかべたにちがいない、勝利の喜びの表情と同じ種類の道徳心。もちろん、ここはアムネスティであってアテネではないから、勝利の喜びもほどほどではあるがね」

「まるで彼女は気が狂っているといってるみたいですね」

「ああ、そうかもしれん」ヴェリティはどっかり腰をおろして、いつもの細巻のキューバ葉巻に火をつけた。「今わたしがいっているのは、ミス・バートンが正気かどうかということじゃない。この仕事ではなんでもそうだが、それもこれから確かめなくてはならないことのひとつだ。もちろん、彼女は根っからのウェイトレスじゃない――だがそのことは、どちらかといえば彼女に有利な点だろう」

「同感です。彼女が根っからのウェイトレスじゃないことは、話し方ではっきりわかります。

ミス・フレイマーを呼びましょう。彼女ならいろいろ知ってるかもしれません」

「彫像の蒐集《しゅうしゅう》というのは、あれでなかなか役に立つ趣味でな」と、ヴェリティはロックスリー巡査が戻るのを待ちながらいった。「人間の表情を注意深く観察する習慣が身につく。それから欠陥に目を光らせることも教えてくれる」

巡査が戻ってきた。

「ミス・フレイマーを入れてくれ」と、ジャクソンがいった。「それからマシューズに、発見した拳銃をすぐに持ってこさせてくれ」

「現代人には」と、ヴェリティは続けた。「大理石に彫る値打のある顔を持った人間は少ない。ミス・バートンはその少数のなかの一人だ。ほかの大部分の現代人についていうならば、石像に値《あたい》する者が何人かいるし、テラコッタに値する者はもっと多いが、大多数は粘土どまりだな」

ミス・フレイマーが入ってきた。

「どうだ、わたしのいうとおりだろう?」と、彼はつけくわえた。

「どうぞかけてください、ミス・フレイマー」と、ジャクソンが丁重にいった。

「あのう、これ」彼女はくしゃくしゃになった藤色のスカートのようなものを彼に突きつけた。

「ヴェリティさんのものだと思いますけど」

「おや、わたしの海水着だ! すっかり忘れておった! どうもご親切に、ミス・フレイマー。

もっとも、海水浴より面白いことが目の前にあるうちは、泳ぎに行くつもりなどないがね」

ミス・フレイマーはショックを受けたような顔でゆっくり腰をおろした。

「警察にとっては、こういう事件は最上の気晴らしなんでしょうけど、わたしも同じ考えだとは思わないでくださいね」

「いや、もちろんそうは思わんよ。わたしは――」

「ここで起きた事件が新聞に出たら、身の破滅ですわ」

「わたしの記憶では」と、ヴェリティがいった。「アムネスティの《ザ・チャーター》はこれまで一度ならず新聞沙汰になっているはずだが」

「それはわたしがここにくる前のことです」と、ミス・フレイマーがすばやくいいかえした。「わたしがホテルを預るようになってからは、一度だって新聞になど出ていません」

「そうだろうとも」老人はにやりと笑った。

「なのにこんな事件が――殺人が起きるなんて！」

「あなたはマクスウェルさんをどの程度よく知っていましたか？」と、だしぬけにジャクソンが質問した。

ミス・フレイマーは一瞬不快そうな表情をうかべた。それから肩をいからせ、背筋をまっすぐにのばして、テーブルごしに質問者と向かいあった。いよいよ取調べが始まったんだわ、と彼女は思った。

「ほとんど存じません。お泊りは五日前からですから」

「つまり先週の金曜日に到着したということですか？」

「そうです」

「彼は、その——ひどく変った人間でしたか？」

「そう思います。食事はいつも部屋でとりましたし、夜以外はほとんど外出しませんでした。わたしには夜の仕事をしているといってました」

「わたしが傍聴した窃盗犯の裁判では、冒頭にかならずそのせりふを聞いたものだ」と、ヴェリティがミス・フレイマーを鋭く観察しながらいった。

「わたしはあの方が泥棒だというつもりはありません」と、彼女は急いでいった。

「それはそうだろうが、今朝泥棒のことがまったく頭に浮かばなかったはずはない。わたしがバルコニーから窓を通って部屋に入りこんだ男のことを話したとき、あんたはぎょっとした顔をした。わたしはちゃんと見ていたんだよ」

「わたしが？」

「それともほかになにか驚く理由があったのかね？」

「いったいなにをおっしゃっているのか……」

「パクストンさんとマクスウェルさんの関係について、どんなことを知っているのかね？　あるいはカニンガムさんとマクスウェルさんの関係についてもだ」

「関係というと？」

「さあさあ！」今や完全にジャクソンにとってかわったヴェリティ氏は、身を乗りだして彼女に目配せした。「隠しだてしてはいかんよ」

「でもカニンガムさんはゆうべ到着したばかりなんですよ」

「しかし、マクスウェルさんと顔を合わせたんだろう？」

「ええ」

「それで？」

「どちらも相手に好意を持っていないようでした。それどころか、わたしの僻目《ひがめ》でないとしたら、カニンガムさんはマクスウェルさんをとても嫌っているようでした。それはもう、毛嫌いしているといってもいいくらいに……」

「なるほど。カニンガムさんはゆうべ何時に着いたのかね？」

「九時ごろ、だったと思います」

「それからパクストンさんは？」

「ああ、あの方《かた》は月曜日から泊っておいででした」

ドアをノックする音が聞えて、マシューズ巡査部長がハンカチに包まれたままの拳銃を持って入ってきた。

「二発発射されています」

「よろしい」

「それからたった今ドクター・ペラムが到着しました」

「結構。ドクターを二階へ案内しろ。われわれもすぐ行くと伝えてくれ」

「承知しました」

「ミス・バートンはどこにいる?」とヴェリティがきいた。

「調理場でお茶を飲んでいます。ロックスリーが一緒です」

「結構」

「もういいぞ、マシューズ」ジャクソンはミス・フレイマーのほうに向きなおった。彼女は息づかいが荒かった。「ミス・バートンはいつからここで働いているんですか?」

「二週間ほど前からですわ、警部。必要なら正確な日にちを調べますけど」

「彼女は信頼がおけますか?」

「ええ、まずまずですわ。ひとつだけ欠点はありますけど」

「ほう?　どんな欠点です?」

「お給仕するときに、お皿の野菜に親指を突っこむ癖です」

「ありがとう。パクストンさんは月曜日から泊っているという話でしたね。彼とマクスウェルさんは知合いでしたか?」

ミス・フレイマーはすぐには答えなかった。やがて彼女はいった。

「はい。わずかに面識がありました。ある晩マクスウェルさんが外出するときに階段で顔を合わせたのです」

「そのときの様子は——なごやかでしたか?」

「ええ、とてもなごやかでした!」彼女は勢いよくうなずいた。「しばらく話をしたあと、マクスウェルさんは外出されました。とてもなごやかだった、といってよいと思います」

「それは面白い。ではもうひとつ答えてください。それでおしまいです」

彼はハンカチを広げて、拳銃をテーブルの上に置いた。それは銃把《じゅうは》に真珠をはめこんだ、どっしりした軍用拳銃だった。

「これを見たことがありますか?」

答はすぐにミス・フレイマーの目に表われた。

「ええ——あります」

「いつですか?」

「ゆうべですわ。カニンガムさんが玄関ホールでコートを脱いだとき、ポケットから落ちたんです」

「間違いありませんね?」

「絶対に。わたしはいやなものを見てしまったと思ったんですから」

「それで今朝ぎょっとしたわけだね」と、ヴェリティが口をはさんだ。

「いいえ、それは――」

「なぜそのことを話してくれなかったんです？」と、ジャクソンが詰問《きつもん》した。

「お二人で話していて」と、彼女はむっとした顔で反論した。「口をはさむ隙がなかったからですわ」

「それもそうだ」と、ヴェリティが愉快そうにいった。「ところでミス・フレイマー、ここには短期の宿泊客が何人いるのかね？」

「今のところはパクストンさんとカニンガムさんだけです。ああ、それからテューダーさんがいました」

「それは何者かね？」

「とても変った紳士ですわ。二週間前にお着きになりました」

「ミス・バートンとほぼ同じころだね？」

「そうです！　でも、本人にじかにたずねていただけませんか？　わたしにはとても理解できません」

「危険な男なのかね？」

「だとしても不思議はありません。彼はリチャード四世王を自称しています」

「ますます結構！」ヴェリティはくすくす笑い、揉み手をしながら叫んだ。「血にまみれた部屋には死体、鍵のかかったドアに鍵のかかった窓、覆面の男、手足を縛られた衣裳戸棚のなかの美女、おまけに今度は王位僭称者ときた！　まったくもってこたえられん！」

ミス・フレイマーは冷たい目で彼をにらみつけた。それからジャクソンに向かっていった。

「ヴェリティさんは大喜びのようですけど、わたしはまだ仕事が山ほどあります。よろしければ失礼させていただきたいんですけど」

ジャクソンがうなずいた。

「いいですとも、ありがとう。さしあたりこれで終りにしましょう。また必要があれば呼びますから。ああ、それから――全員を足止めしておいてください――長期滞在客も含めてですよ」

「わかりました」

「あなたの協力をあてにしてますからね、ミス・フレイマー」

彼女は意外そうな顔をしたが、黙って立ちあがり、足速に部屋から出て行った。

ほとんど入れかわりに、マシューズが書類の束を持って入ってきて、ジャクソンの前に置いた。

「被害者の机から見つかりました。ひきだしの奥のほうに入っていたんです」

ヴェリティが立ちあがって片眼鏡《モノクル》を目に当て（「手書きの文字を読むときはこれが欠かせないんだよ」）、いちばん上の書類をのぞいた。

《親愛なるパクストン》という書きだしでそれは始まっていた。《少なくともこの先一か月間

はこれっきり連絡しないつもりだから、わたしの出発を祝ってくれ。二百ポンドでどうかな？いつもの方法で。M》

「どうやら」ヴェリティ氏はゆっくりといった。「全員の指紋をとる必要がありそうだな。ティー・カップがいちばん手っ取り早い。ロックスリーにいって、まず調理場のミス・バートンから始めてくれ。彼女にティー・カップを洗わせないようにな」

「あのう、それはどうしても必要でしょうか？」ジャクソンは明らかにショックを受けていた。

「いや」ヴェリティは笑いながら答えた。「そうでもないさ。しかし、にせもののウェイトレスが覆面の男などというばかげた話を──まるで三文小説から借りてきたような話を持ちだしたら、なにはともあれ調べてみるに越したことはない。こっちのおつむの程度を甘く見られて黙っている手もないしね」

「なるほど、そういうことですか」

「いずれにせよ、本命はパクストンだ。自分の銃を撃ってないということは、カニンガム氏の銃を使った疑いが濃い。さっきもいったように、きみの鑑識係は大忙しになるだろう」

3

ドクター・ペラムは皮肉屋の気難しい小男だった。鼻眼鏡をかけて、ひっきりなしに冗談をいっては自分で面白がり、そのたびに金歯をのぞかせて笑う。今彼はホテルの陽当りのよい庭に立って、ヴェリティとジャクソンに興奮した口調で話しかけながら、大きな瘤《こぶ》のあるリンゴの木の枝をステッキでかきわけて、早く熟《う》れた果実を捜していた。

「ああ、死体は見たよ」と、彼はいっていた。「もちろん、ほかへ移す必要がある。ここじゃきちんと調べるのは無理だからね。死亡時刻は六時半から八時半の間というところだろう。明らかに背中を撃《う》たれている。あの部屋でなにがあったかはわからんがね。弾丸は二発当っている」

「ええ」と、ジャクソンがいった。「拳銃から弾丸が二発消えています」

「だが一発で死んだか二発で死んだかは、まだ断定できない」

「あんたは彼を知っていたのかね、ドクター？」と、ヴェリティがきいた。

「ああ、知っていたとも。二発も弾丸を撃ちこまれて当然な人間がいるとすれば、あの男こそまさにそれだった」

「そうなのかね？」

「そう、なんとも下司《げす》なやつだった」

「下司なやつ？」

「それから金に目がなかった」ドクター・ペラムはまだ青いリンゴを一口かじって吐きだした。「おまけに陰険そのものだった。聖人君子面《づら》して自分の子供たちはきびしくしつけておきながら、午前中は秘書といちゃついてすごす手合いだよ。ところで、あの男に子供はいるのかね？」

「今警察が全力をあげて調べているところです」と、ジャクソンが答えた。「目下《もっか》のところ家族は見つかっていないし」――（もうすでに正午だった）――「彼の書類のなかには家族からの手紙も見当りません」

「ああ！　彼の書類か！」医師は小首をかしげて羨ましそうに警部を見た。「今夜あたりそれを家に持って帰って、ゆっくり読めたらどんなに楽しいことか！　まったくきみたち探偵が羨ましいよ――とくに素人探偵のご身分がね」

「その気持はわかるよ」と、ヴェリティが愛用の細巻の葉巻に火をつけながらいった。「わたしは人生の出発点で世のために尽そうという熱い志《こころざし》を立てた。世なおしに役立つ仕事に献身するのがわたしの高邁《こうまい》な理想だった。実際わたしは改革の熱望に燃えておった。だが、探偵になったのは、社会の恥部をひそかに洗い清めたいというはるかに深い願望によっても、世なおしは可能だと気がついたからだ。それ以後わたしは前よりずっと人に好かれる人間になった。ところで、マクスウェルとはどんなふうに知りあったのかね、ドクター？」

「何度か路上で顔を合わせたんだよ。たいてい夜だったがね」

「そうそう、彼はいつも夜出歩いていたんだったな？」

「歩くか運転手つきの車に乗っていた」

「運転手つきの車？」

「そう、この町でタクシーの運転手をしている気のいい若者が、真夜中すぎに彼を乗せてあちこち走りまわっていた。ひどい不眠症に悩まされていたようだ。わたしも同病でね――もっともわたしの場合は彼と違って良心の呵責《かしやく》が不眠の原因ではなかったが。そんなわけでしばしば顔を合わせたもんだ。夜中にあてもなく車を乗りまわすのはいい気晴らしになるといってたよ。もちろん、自分の金をつかってね」

「理論上はね」と、ヴェリティがいった。「では、ドクター、またあとで。今夜食事を一緒にどうかね？ 八時三十分にうちへきてくれ」

「喜んで」と、小男はステッキを肩にかついで答えた。「ご招待ありがとう。ではそれまで遺体をもう少しくわしく調べるとするか」

　ヴェリティとジャクソンはフランス窓から談話室に戻った。

「りっぱな男だ」と、ヴェリティがいった。「自分と同じ側に立つ人間と仕事をするのは楽しいよ」

「それはどっちの側です？」と、ジャクソンがうんざり顔できいた。

「マクスウェルを殺した人物の側さ。ドクター・ペラムはマクスウェルに対するわたしの本能的な嫌悪が間違っていないことを裏づけてくれた……がしかし――まずは仕事だ！　臭跡が消えないうちに犯人をつかまえなくてはならん。好き嫌いは別にしてだ！」

ジャクソンはきまじめな顔で彼をみつめた。

「書類に目を通しますか？」と、彼はきいた。

「いい考えだ、ジャクソン。大部分は無関係のようだが、念のために全部調べてみよう。わたしに半分よこせ、手分けして読めば三十分ですむ。ところでわれわれの第一級の容疑者二人はどこにいるかな？」

「まだ食堂にいますよ」

「よろしい。これがすんだら彼らを訊問しよう」

ドクター・ペラムの予想どおり、故マクスウェル氏の書類はまことに面白い読みものだった。大部分はパクストンあてのものと同じ性質の手紙で、そのなかからジャクソンはカニンガムにあてた手紙の下書を発見した。それらとは別に被害者から受けとった金の明細もあって、その一部は、もうこれ以上は払えない――あるいは最初から払えないと書いてきた男女の絶望的な手紙の裏面に、鉛筆で几帳面《きちょうめん》に書きこまれていた。マクスウェルあてのそれらの手紙のなかで、戦いの狼煙《のろし》をあげる一通がヴェリティの目にとまった。

「聞いてくれ！」彼は身ぶりよろしくモノクルをはめながら叫んだ。「『マクスウェル、アリスからすべて聞いた。これは最後通告だ。もう一度彼女に会おうとしたらどうなるか覚悟しておけ。もう一度やったら命はないものと思え』。署名は『ウィニッジ』となっている」

「日付は？」

「消印がはっきりしない。先月中に投函されたもののようだ」

「どこの局ですか？」

「ここだ——アムネスティだよ」

「ウィニッジ、ですか？」

「そうだ、その男を知ってるのかね？」

「いや、しかしまた一人有力容疑者が現われたようですね」

「多ければ多いほど結構！　容疑者の数がどんどん増えて、死体の数が変らないとなれば、これは一種のインフレだ。もちろん一人一人の容疑者の価値は救いようもなく下落する。本物の探偵にとっては、願ってもない腕の見せどころというものだよ」

「容疑者の一人を呼びましょうか？」と、ジャクソンがさめた口調でいった。

「もちろんだ！　すぐに始めよう！」

警部はドアをあけてロックスリーに声をかけた。

「パクストンさんを連れてきてから、きみは二階のマシューズと交替しろ。マシューズに昼食をとらせるんだ。それから鑑識係が到着したらすぐに知らせてくれ」

パクストンが談話室に入ってきた。四時間前にヴェリティに引っぱられて二階へ行ったときよりはいくらか落ちついていた。

「かけてください」と、ジャクソンがいった。「二、三おききしたいことがあります」

パクストン氏は大きな眼鏡の奥から相手をにらみつけながら腰をおろした。

「えーと、最初の発見者はあなたでしたね？」

「そうです」

「なにがあったのか、あなた自身の言葉で説明してもらえませんか？」

パクストンは尻をもじもじさせて、ひどく気乗りしない様子で話しはじめた。

「つまりこういうことです。わたしはマクスウェルに会いに彼の部屋へ行きました」

「それは何時ごろですか？」

「八時十分前ごろでした」

「どうやって部屋に入ったのかね？」と、ヴェリティがきいた。

「窓から入りました」

「窓から？」

「そうです。そのう——人に見られたくなかったもので」

「なんでまた？」

「じつは、そのう——彼を知っていることをだれにも知られたくなかったんです。つまり——」彼はいってしまってから愕然として口をつぐんだ。「どうもうまくいえません。要するに、なにをしているのかと人に疑われるんじゃないかと——」

「疑われて当然だろうな」と、ヴェリティがいった。

「あなたは武器を持っていましたね？」と、ジャクソンが質問した。

「ええ」

ヴェリティがにっこりした。

「その銃は今われわれの手もとにある。もちろん返すつもりだ——犯人逮捕のあとでね。あの銃は新品かね？」

「そうです」

「どこで買った？」

「ストランドのジェソップで買いました。護身用にといって……」

「なるほど。それで軍用拳銃を買ったわけだ。面白いことにみな四五口径を持ちたがる。まるであの男を殺すために同盟でも結んだかのようだ」

「冗談はよしてください！」

パクストンの目に怒りの炎が燃えた。やがて彼は、階段の下にいたときと同じように、急にまた呻《うめ》きだした。するとまたしても、踏みつぶされた操り人形を思わせる姿が浮かびあがった。

「誓ってわたしはやっていない……」彼はほかのだれよりも自分自身に聞かせるようにいった。「たしかに状況はわたしに不利だが……それがどうした？　とにかくわたしはやっていない……そのことはみんな知っている……」

「銃と一緒に弾丸は何発買ったのかね？」と、ヴェリティがきびしく問いつめた。

「六発……ああ、あんたはわたしがやったと思っている。いいだろう！　どうせ殺すつもりだった。そのために銃を買ったんだから！　むしろ殺せなかったのが心残りだ。これがわたしの本音だよ！」

「つまりだれかに先を越されたということかね？」

「そのとおり！　わたしより先にあの部屋に入った者がいた。だからわたしは助けを呼んだのだ」彼はヴェリティの顔を見た。「それはあんたも知っているはずだ」

「リヨンの鉄道員ルイ・ティシエは、レールの継ぎ目板で妻の頭を殴って殺してから、隣人に事件を知らせて、警察を呼び、妻の母親に電話をかけているよ」

「まだだれもあなたが犯人だとはいってませんよ」と、ジャクソンが冷静にいった。「われわれは真実を知りたいだけです」

「だから真実を話しているじゃないですか！　あの部屋へ行ったのは彼と話をするため――彼を説得するためですよ！」

「もしも彼が聞きいれなかったら？」

ジャクソンは十秒ほど待って予想どおりの答を聞いた。

「殺すつもりでした。わかるでしょう……もう我慢がならなかったんです。聞いてください。事の発端は何年も前、わたしが事務弁護士を開業したときのことです」

「あなたは弁護士だったんですか？」

「一九二四年に資格をとりました。ロンドンで開業して――仕事はとても順調でした……金はそれほど必要じゃなかったんです」

「で、いったいなにをしたんです？」

「アリバイ工作です……友人のために。女友達でした。もちろんやってはならないことだった。――だが気の毒で見ていられなかったんです。なにしろその人はひどく困っていて……」

「その証拠をマクスウェルに握られたんですね？」

「わたしはきっと頭がどうかしていたんだ……」

「それで？」

「何年もの間彼にゆすられつづけました。とうとう神経が参ってしまって――弁護士をやめなきゃならなくなったんです」

「やめてからはなにを？」

「いろんなことをやりました。あれやこれや……できることはなんでも……ああ、あの男が憎くてたまらなかった！……」涙が頬を伝った。「理由などありませんでした……彼はわたしを知らなかった――だがそんなことはどうでもよかったんです。ほんとに理由なんかなかったんですよ。あいつはそういう人間なんです！……」

「そしてあなたが弁護士をやめたあともゆすりつづけたんですね？」

「わたしの一生はあの男のせいでめちゃめちゃです。わずか二年あまりで。あいつを百回も殺してやりたかった……しかし殺してはいません！……絶対に！」

彼は身も世もなく泣きだした。その様子が、こわれてお払い箱になった人形の恨みをほうふつとさせたので、ジャクソンは立ちあがって肩に手をかけた。

「さしあたりこれで終りにしましょう、パクストンさん。向うへ行って腹ごしらえしてください。しばらくたったらまた呼びますから」

ジャクソンは彼に手を貸して立たせながら、力づけるように微笑をうかべた。

小男が出て行きかけたとき、ヴェリティ氏が椅子から身を乗りだした。

「もうひとつだけ質問がある。マクスウェルの部屋に入りこんだとき、あんたは窓に鍵をかけたかね？」

パクストンはきっぱりと首を横に振って、なおも泣きながらよろよろと部屋から出て行った。

「まったくひどいやつですね、このマクスウェルという男は！」と、しばらくしてジャクソンがいった。

「わたしのいったとおりだ」と、ヴェリティが感想を洩らした。「法の側に立つのは決して楽しいものじゃない」

禿げあがった色白の額《ひたい》に漆黒《しっこく》の髪をなびかせた、いかにも尊大そうな長身の男が、フランス窓の前に立って彼らを眺めていた、裾の長い黒服を着て、襟と袖口がほつれたシャツから、細い首と太い手首をのぞかせていた。

「楽しくない？」男は彼らに向かって大音声《だいおんじょう》を発した。「楽しくないだと？　守るのが義務だろうが！　法律というものは！」

「あんたはだれかね？」と、ヴェリティが驚いてたずねた。

「わたしの名はリチャード・テューダー。法がイングランドを支配していれば、その正統の王たるべき人間だ」

「どうぞなかへ」と、ヴェリティが愛想よく微笑をうかべながらいった。「まあおかけなさい」

「わたしが部屋に入って行っても、立ちあがって迎えられないことにはもう慣れっこだ」と、長身の男は横柄な口調でいった。「ま、予想はしていたことだが」

「今忙しいんです、邪魔しないでください」と、ジャクソンがきっぱりいった。

「そういう口のきき方にも慣れっこだよ、お若いの。ま、何代にもわたって王位簒奪《さんだつ》者に公然と忠誠を示してきた国民に、ほかのなにを期待しても無駄というものだが」

「あなたの言葉を信じるといったらどうですかね？」ヴェリティは新しい葉巻に火をつけなが

らいった。「どの国王の血を引いているんですか？」

「ヘンリー八世の子、エドワード六世陛下の血だ！」

「間違っていたら訂正してもらいたいが、テューダーさん、エドワード六世陛下は十五歳で亡くなっているはずですよ――未婚のままで。しかも童貞王だった」

「嘘だ！　真赤な嘘だ！」テューダー氏はぐっと近づいてきて、自説を強調すべく彼の腕に手をかけた。「いいかね、わが高貴なる先祖は愛のおののきを知っておったのだよ！」

「十五歳でですか？」

「違う、十四歳でだ。もちろん彼は早熟だった――一族のだれもがそうだったようにだ。問題は彼の選んだ女性がカトリック教徒だったことだ」

「エドワード――あなたの高貴なるご先祖――は、イギリス宗教改革の熱心な擁護者だとばかり思っていましたが」

「もちろんそうだった――結婚するまでは。だが」（彼は親しげにうなずいて、さらにヴェリティに近づいた）「若者には宗教よりはるかに魅力的なものがある」ヴェリティ氏は驚きの表情をうかべた。「しかしながら、このことが世に知れては困る人物――イングランドの真の支配者としての地位を、新教徒勢力に全面的に依存していた人物が一人いた。その人物がノーサンバーランド公――すなわちエドワードを殺した男だ」

「なんですって？」

リチャード・テューダー

「そうとも、わたしはそのことを立証できる！」

「王権の背後の勢力が王を殺したというんですか？　これは面白い。ところで」ヴェリティは耳を軽く叩きながらいった。「その女性というのはいったいだれなんですか？」

「彼女の名前はカテリーナといった。スペイン宮廷から派遣された使節団と一緒にイングランドへやってきた女性で、じつはフェリーペ二世の遠い親戚だった」テューダーは得意そうに胸を張り、話を盛りあげるために数歩さがった。「さよう、彼女とエドワードの秘密の結婚は、のちにフェリーペとメアリーの間で好んで話題にされることになる。わたしはこのことを立証する文書も持っている」

「エドワードは十四歳で結婚したといいましたね？」

「もちろん極秘裏にだ――立ち会ったのは信頼のおける貴族数人だけだった」

「しかしイングランド王ともあろう者がそんなふうにこそこそ結婚するでしょうか？　なぜ堂々と公表して、ノーサンバーランドなど無視しなかったんですか？」

「十四歳の子供に、公爵のような人物に対してなにができる？」（ジャクソン警部が痺《しび》れを切らして、考えても思いつかないというゼスチャーをしてみせた）「結局、彼は若妻と赤子を、鎮圧されたばかりの民衆蜂起《ほうき》の、最後に残った二人の敗残兵に変装させて、宮殿からひそかに脱出させた。そのことを立証する文書もわたしの手もとにある」

「だがしかし」と、ヴェリティは喉を鳴らした。「わたしの記憶では、エドワードは死ぬまで宗教改革の擁護者でした」

　テューダーが敵意をあらわにした。

「それは世を欺《あざむ》く仮の姿だったことを立証する文書がある。内心ではこの最新流行の信仰を見限って、父祖の代からの信仰を固守していたのだ」

「どうも話がややこしくなったが、あなた自身はなにを信仰しているのか教えてくれませんか？」

「わたしはヘンリー八世系のカトリックだ」と、テューダー氏は胸を張って答えた。

「それはまた辛《つら》いことで」

　ジャクソンが椅子の上で尻をもじもじさせた。「そろそろ失礼しますよ。なにしろひどく忙しいもんで」

「残念ながらわたしもです」と、ヴェリティが立ちあがっていった。「そのうちまた話の続きを聞かせてください」

「いつでも苦しうないぞ」テューダーは目を輝かせていった。「二人とも誤解のないように。わたしはイングランド王リチャード四世だ――それを立証する文献も持っている」それから声を落としてつけくわえた。「では仕事を続けたまえ」

　彼はしゃっちょこばって一礼し、くるりと向きを変えて庭へ出て行った。

「いやはや」と、ヴェリティが考えこむようにいった。

「まったくですよ！」と、ジャクソンがいった。彼はどう見ても怒っていた。「ドクター・ペラムなら、きっとここの空気のせいだというでしょうよ」

4

「パクストンの服についていた黒っぽいしみに気がつきましたか？」二人とも落ちつきをとりもどしたところで、ジャクソンがいった。

「ああ。前から気がついていたよ。カニンガムの上着と、玄関ホールの床の、階段をおりたところにも同じようなしみがあった」

「ええ、わたしもずっとそれが気になっていたんです」

「いずれにしろ、床のしみはほかの二つとは別物だ。パクストンの上着のしみは、わたしが見たときはまだ新しかったが、床のしみは彼がへたりこんだ時点ですでに相当古くなっていた。だが三つとも血であることは間違いない——同じ死体から流れた血だよ」

「ええ。謎は深まる一方ですね」

「まったくだ。もちろん、同一死体説は間違っているかもしれない。死体の数も容疑者の数同様定まっていない可能性は充分ある。アムネスティからだれか名士が姿を消したという話を聞いていないかね？」

「聞いてませんね、ありがたいことに！」

ヴェリティ氏は葉巻をすぱすぱやりながら談話室を歩きまわった。心配顔の老人の宿泊客が一人二人、フランス窓から室内をのぞきこんだ。その一人は部屋のなかの二人に向かって丁寧に一礼し、それから塀に囲まれた庭でそぞろ歩きを再開した。潮の香と陽光とかすかな話し声がヴェリティのところまで届いた。さいわいテューダー氏の姿は見当らなかった。

「ところで」と、彼はいった。「マクスウェルの書類のなかにわれわれが見おとしていたものがある」

彼はまだテーブルに坐って眉をひそめている警部に向かって、それを振りまわした。

「なんです?」

「『ミス・Fに会うこと』と書かれたメモがある。日付はマクスウェルの到着よりあとだ」

「ミス・F?　はて――まさか……」

「ミス・フレイマーのはずがないというのかね?」

「彼女の弱みを握っている人間がいるとは思えませんが」

もういい加減にしてくれ、といわんばかりの口調だった。

「さあ、それはどうかな。彼女にしても若気《わかげ》のいたりで過《あやま》ちを犯したことが皆無《かいむ》とはいえまい。彼女がパクストンとマクスウェルの階段上の出会いを、『とてもなごやか』だったといっていたことも気になる。さっきのパクストンの話から判断して、彼女が故意に嘘をついたとしか思えんな」

「たしかにそのようですね」

「彼女のそもそもの『過ち』は——もしあったとすれば——偽証だったのではないかな……」

ジャクソンが煙草をつけた。

「調べれば調べるほど、多くの人間が事件にかかわっているように思えてきます」と、彼はいった。

「そのとおり。まさに探偵の腕の見せどころだよ！」

また宿泊客が窓の前を通りすぎた。

「全員を取り調べる必要がありますね」と、ジャクソンがうんざりした口ぶりでいった。

「リチャード王を除く全員だ。もっともマクスウェルが人生のある時期に、テューダーを病院に閉じこめることに手を貸したとすれば話は別だが……」

「もうなにがあっても驚きませんよ。カニンガムを呼びますか？」

「好きにしてくれ。おそらく彼はパクストンより手強《てごわ》いぞ」

マシューズ巡査部長がやってきて、鑑識係の到着を知らせた。

「よろしい」ジャクソンは努めてきびきびした口調でいった。「食事はすんだか？」

「はい。おかげさまで」

「カニンガムさんを呼んでくれ」

「部屋の外で待っています。それから、これはちょっとお耳に入れておいたほうがよいかと

「――」

「なんだね?」

「カニンガムさんがここへくるために食堂で席を立ったとき、ロックスリーが彼の椅子の下からこれを見つけました」

彼はミス・フレイマーのマスター・キイらしきものをジャクソンに渡した。

「カニンガムの椅子の下から? 確かかね?」

「間違いありません」

「よし。ミス・フレイマーに確認してもらってから、鑑識に渡して指紋をとらせてくれ。それからカニンガムの取調べがすんだあとで、拳銃の指紋も頼む。では彼を入れてもらおうか」

カニンガムがゆっくり入ってきて、ドアを回りこみ、できるだけ壁にそって進んだ。部屋の中央を歩くのは気が進まないらしく、テーブルに近づくときもおぼつかない足どりで小刻みに二歩突進した。ヴェリティが彼をしっかり観察するのはこのときが初めてだった。むさくるしい恰好をした不精《ぶしよう》たらしい男だった。痩せた顔には斑点が浮き、いかにも小狡《こずる》そうな表情をしていた。だが目は死んでいた――小狡そうな顔のなかで、澄んだ灰色の目だけはまるで表情がなかった。焦点が合っていないかのようで、見る者に不快な印象を与えた――まるで抜け目のないやり手の商売人が取引の最中に急に目が見えなくなったような印象だった。精神集中が不可欠なのに、いくら努力しても意のままにならない心の葛藤《かっとう》が、この無惨な顔にははっきり表われていた。

「おはよう」彼は不揃いな口ひげを引っぱりながらいった。「わたしに用かね？」

彼の声は、朝の威勢のよさを目《ま》のあたりにしたヴェリティ氏には、同一人とは信じられないほど弱々しく、愚痴っぽかった。

「ええ」と、警部が答えた。「二、三おたずねしたいことがあります」

「なんでもきいてくれ、警部。坐っていいかね？」

「どうぞ」

ヴェリティは無言で見守った。

「あなたはマクスウェルさんをご存知でしたね？」

「いや、知らんね」

「ほう……まったくご存知ないんですか？　なんのかかわりもなかったと？」

「ああ。なんのかかわりもない」

「なのにあなたは今朝彼の部屋にいた」

「だれが――わたしがかね？」

「あなたを逮捕した巡査が、彼の部屋の窓から出てくるところを見ています。忘れたんですか？」

カニンガムは薄笑いをうかべた。

「わたしの聞き違いでなければ、今朝あの巡査は、わたしがどの窓から出てきたかはっきりしないといっていた。実際、わたしは彼に見つかる前に雨樋に取りついていたんだよ。だから隣りの部屋から出てきたということもありうるわけだ」

「パクストンさんの部屋から？」

「そう、パクストンさんの部屋からだ」

彼はほとんど子供っぽいといってもよいほど勝ち誇った口調で答えた。

「あるいはマクスウェルの部屋を間にはさんだ反対側の部屋かもしれない、というのかね？」

と、ヴェリティがきいた。

「そう、その可能性だってある！」

「なぜなら、結局のところ、あんたはマスター・キイを持っていたからだ」

「わたしが？……違う！……マスター・キイなんか持ってなかった！」

「そうかね？」

ヴェリティは驚いた顔をして、テーブルに手をのばし、ハンカチにくるまれた拳銃を取りだした。カニンガムがそれを目で追った。

「いいかね、注意して物をいわないと、四番目の嘘でそれまでの三つの嘘がばれてしまうおそれがある。これを見たことがあるかね？」

「わたしは――」

彼は途中で口をつぐんで、必死で考えをまとめようとしているようだった。

「この拳銃のことをきいているんだ」と、ヴェリティがいった。「断わっておくが、これはあんたの持物だと、すでに女支配人が証言している」

「あの女！」彼は急に朝の威勢のよさを取りもどして、吐き捨てるようにいった。「あいつならそういうだろうさ！　彼女がパクストンを庇《かば》っているのがわからないのか？」

「ほう？　なぜ彼を庇うのかね？」

ヴェリティは何食わぬ顔できいた。

「なぜだと？　わたしが知るわけがないだろう。あの二人の間になにかあることぐらい、だれの目にもわかる……いつも一緒にいてひそひそ話をしている……いつも一緒だよ！」

「いつも？　あんたはゆうべ到着したばかりだと思っていたが」

「そ……そうとも」

ヴェリティが立ちあがった。

「カニンガムさん、あんたのような見えすいた嘘つきは見たことがない。失礼だが、もう少しましな嘘がつけないのは麻薬のやりすぎのせいと見た。おそらく前は使用量がもっと少なかったんだろうが、今じゃ一目瞭然の悪習を種《たね》にあんたをゆすっても無駄手間というものだ。あんたの目を見ればわかる。手を見ればわかる。なによりも自分の身を護《まも》るための無駄なあがきがそれを証明している。自分が見たとおりの治る見込みのない麻薬中毒者であることに気がついていれば、何年もの間口止め料を払いつづけるようなことはしなかっただろう。もちろん暴力に訴えることもなかったはずだ」

カニンガムは、部屋のなかをぐるぐるまわりながら壁に向かって大演説をぶった大男を、なす術《すべ》もなく見あげていた。

「あんたはこれまでわたしに四つの嘘をついた。最初はマクスウェルを知らないと答えたとき、二度目は彼の部屋の窓から出たことを否定したとき、三度目はマスター・キイを持っていなかったと答えたとき、そして最後は拳銃の所持をそれとなく否定したときだ。今わたしの手もとにある手紙と、間もなく手もとに届くはずの指紋が、知る必要のあることをすべて明らかにしてくれるだろう。さあ、この軍用拳銃をいつ買ったのか白状したまえ」

「なんのことだ？」

「しらばっくれても無駄だよ、カニンガムさん。製造者名が銃把《じゅうは》に象嵌《ぞうがん》されている。ストランドのジェソップを知らぬ者はいない——買った人間を割りだすのはいともたやすいことだ」

カニンガムはしばらく無言だった。やがて、

「昨日の午前中だ」と、白状した。

「よろしい」ヴェリティはふたたび腰をおろした。

ジャクソンがかわって取調べを続けた。

「どんな種類の弾丸を買いましたか？」

「弾丸はジェソップにまかせたよ」と、カニンガムは用心深く答えた。「なにを選んだかは知らない」

「なんのために銃が必要だといいましたか?」

「東洋へ行くのだといったよ」

「で、護身用に銃が必要だと?」

カニンガムは驚いたような顔をした。

「ジェソップがもう少し賢かったら、スプレー・ガンを売っていただろうな」と、ヴェリティが横から口を出した。「あんたにもパクストンにも!」

「わたしは許可証を持っている」と、カニンガムが頑《かたく》なにいいはった。

「いずれ見せてもらうことにしましょう。さて、あなたとマクスウェルさんのことですが――」

「ああ、慰みものにするのはよしてくれ!」と、カニンガムがたまりかねて叫んだ。「あんたたちは彼の手紙を持っている。だからすべてわかっているはずだ――だが、それがどうした? わたしにはマクスウェルを殺す理由があった!　彼を知っている人間ならだれでもそうだ。パクストンにも殺す理由があった!　わたしだってそれぐらいは知っている……それからあのウェイトレスにも……」

「どのウェイトレスかね?」と、ヴェリティがおもむろにたずねた。

一瞬の間《ま》があった。ジャクソン警部が手もとのメモからさっと顔をあげた。

「あの――ゆうべ彼の部屋に入って行くところを見かけた女だよ。ミス・フレイマーがアリスと呼んでいる……」

彼は途中で口ごもった。

「続けて」

「彼らが争っているのを聞いた――彼女とマクスウェルがだ」

「ゆうべ聞いたんだね?」

「そうだ。あの男を知っている人間で、憎んでいない人間は一人もいなかったよ」

「しかし彼を知っている人間が、一人残らず彼の部屋に銃を残していったわけではない」

「わかってる――そのことはこれから説明するよ。いいかね、わたしはゆうべ銃をなくした。部屋から盗まれたんだ。夕食のあとで部屋へ戻ったときに気がついた」

「それは何時ごろですか?」と、ジャクソンが質問した。

「九時半から十時の間だった。到着してから遅い夕食をとったんだ」

「しかしあなたが銃を持っていると、なぜわかったんですかね?」

「ミス・フレイマーが知っていた。ゆうべホールでコートのポケットから落ちたところを見ているからね。そうとも、間違いなく見ていた!」

彼はどうだといわんばかりにジャクソンの顔を見た。

「ほかに知っていた者はいますか？」

「彼女がパクストンに話したかもしれない……そう、たぶん話したんだよ！」

「証拠はありますか？」と、ジャクソンが裁判官のような口調で質問した。「ミス・フレイマーがパクストンさんとたんなる客以上の知合いだという証拠は？」

カニンガムはわけ知り顔でうなずいた。

「ゆうべ彼らがひそひそ話をしているところを二度も見たよ。一度はホールで、もう一度はわたしの部屋の外の廊下でだ。ひそひそ話だよ……あれは絶対にふつうの話し方じゃなかった」

「あなたの部屋はどこですか？」

「二階の――裏側だ。窓からホテルの庭が見える」

「つぎにこのマスター・キイについてうかがいます。これをどこで手に入れましたか？」

それまでなれなれしい口をきいていたカニンガムがまた血相を変えた。

「わたしは手も触れていない！」と、掌《てのひら》でテーブルを叩きながらどなった。「そんなものは見たこともない！」

「しかし、ついさっき食堂のあなたの椅子の下から見つかったんですよ」

「嘘だ！」

ジャクソンはなにもいわなかった。

「でなきゃわたしを陥《おとしい》れるためにだれかが置いたんだ！　そうに決まってる！……」彼はも

のすごい形相で二人と向きあった。「そんな鍵は見たこともない！　わたしが持っていたとしたら——自分の椅子の下に隠すと思うか？　よりによってそんなばかげた場所に！……きっとパクストンが置いたんだ！　あの女から受けとって！」

「それは違うな」と、ヴェリティが冷静にいった。「パクストンがその鍵を持っていたら、自分で使っていたはずだ。ところが彼はマクスウェルの部屋に窓から入っているんだよ」

カニンガムは啞然とした。「ああ……そうなのか……」

「パクストンはマクスウェルに会いに行ったことを白状している。なぜあんたもそうしない？　彼の部屋へ行ったことはわかっている」

ふたたび沈黙が流れた。やがてカニンガムがいった。「わかった。白状するよ」ヴェリティを見る彼の目には、ある種の恐れがあった。「マクスウェルの部屋へ行ったさ」

「行ったことはわかってる。もう時間も時間だから、前置きは抜きにしてもらいたいね」

「だがマスター・キイも銃も持っていなかった。彼と話しあうために行ったんだ——それだけだよ」

「もちろんそうだろう。話しあうために」永年の探偵稼業の間に、このばかげた不正確な言いまわしを何度聞かされたことだろう、と思いながら、ヴェリティはおうむ返しにいった。「で、話しあいはどんなふうに行われたのかね？」

「部屋に入ると、ひどいありさまだった。あらゆる物が床に倒れて——血にまみれていた。マクスウェルは床に横たわっていた。すでに死んでいたよ。近づいてよく見たから、死んでいたのは間違いない。きっとそのとき上着に血がついたんだろう。わたしの銃も死体の近くに落ちていたにちがいないが——そのときは気がつかなかった。なにしろパニック状態だった——いったいどうしたらいいんだ？　追いつめられた心境だった。本当のことを話してもだれも信じてくれないだろう。現にあんたたちだって信じていない——」

「それからどうなった？」

「廊下で物音がした。だれかが近づいてくる足音だった——そいつが部屋に入ってきたら、わたしが殺したと思うだろう！　しかも足音は一人じゃなかった……いずれにしろドアから出て行くわけにはいかない……かといってドアに鍵をかけることもできない——」

「そうかね？」

「ドアに鍵がついていなかったからだ」

「なるほど」

「わたしにできることはひとつしかなかった」

「窓かね？」

「そうだ。わたしは窓からバルコニーへ出た」

「それから雨樋を伝って、巡査の腕のなかへおりたというわけだな？」

「そうだ。誓ってこれ以上話すことはなにもない」

「真実の一端ではあるかもしれんな」と、ヴェリティが認めた。

「部屋にはたしかにマクスウェルのほかにだれもいませんでしたか?」と、ジャクソンが質問した。

「それはわからない。なにしろひどくあわてていたから……ほかにもいたかもしれんな」

「わかりました」警部は口をすぼめ、眉をひそめた。「ほかに知っていることはありませんか?」

「ない、これで全部だ!」

「あんたがまだ生きているマクスウェルを最後に見たとしても、兇悪犯罪とはいえんな、カニンガムさん」と、ヴェリティはいった。

「なにしろひどくあわてていたもんで……」と、彼はふたたび口ごもった。

「だったら恐怖心を振りはらうことを学ばなきゃいかんね」

「とりあえずこのへんで終りにしましょう」と、空腹に耐えかねたジャクソンがいった。「もちろんあとでまた話を聞かせてもらいます。それまであなたもパクストンさんもホテルに残ってもらわなくてはなりません」

「もちろん……わかってる」カニンガムは立ちあがってドアのほうへ行きかけた。「わかっているとも」

「ミス・バートン、ミス・フレイマーの二人もだ」と、カニンガムが出て行ったあとでヴェリティがつけくわえた。「考えようによっては、ここの宿泊客でなくてよかったよ」

ジャクソンがにやりと笑った。「とはいうものの、今朝の収穫はまずまずでしたよ」

「まったくだ。麻薬中毒者と、悪徳弁護士と、サセックス一想像力のとぼしい女に会えたわけだからな」

「正直いって、あんな嘘っぽい話は聞いたことがありません」

「それにリチャード・テューダーだ。うれしいことに彼はこの事件とは無関係のような気がするが……ところで、今夜ドクター・ペラムと一緒にうちへ食事にこないかね？」

「それはどうも」

「では失敬して夕食の準備をするとしよう。食事をしながら事件の解決に努力しようじゃないか」

ジャクソンは意外そうな顔をしたが、「ここでお昼を食べて行きますか？」としかいわなかった。

「いや、とんでもない！」ヴェリティは立ちあがった。「葉巻を三本吸ったうえにアムネスティ・シュリンプを一皿食べたら、おそらく身がもたないよ。ところできみはランブラー警部を知ってるかね？」

「いいえ、知りません」

「スコットランド・ヤードの人間だよ」

「ああ、そうですか」ジャクソンの態度がやや冷淡になった。

「今夜は彼も一緒だよ」

「というと、お宅に泊るんですか？」

「そうなるだろう」と、ヴェリティはいった。それから急いでつけくわえた。「手柄を横取りされる心配はない。もちろん手柄はきみの独り占めだ。ただ、この事件にはかなり複雑なところがあって、きみはまだそれに気がついていないと思う。わたしは今夜そのいくつかを指摘しようと思っている」

「わかりました」

「このランブラーという男は、この道では評判のやり手で、頭が切れる。目下《もっか》休暇中だが、この事件を彼にも考えてもらったらどうかと思っている。それには今夜がいい機会だ――実際これ以上のチャンスはない。それにドクター・ペラムも事件捜査の仲間に入れてもらった気分で大喜びだろう！」

「そうですね」と、ジャクソン警部は慎重に答えた。「それが最善だとお考えならば……」

「そう思っている」と、ヴェリティ氏は断言した。「疑いもなく最善だよ」

彼は藤色の海水着を取りあげて、大股で電話のほうへ歩み去った。

5

その夜のランブラー警部の到着は、ジャクソンの疑念を跡形もなく払拭《ふっしょく》するのに充分だった。口にこそ出さないが、急速に自分一人の手に余る様相を呈しはじめたこの事件の捜査を助けてくれる人間がいれば、受けいれるのにやぶさかではなかった。

ランブラーは今休暇中だった。彼にとってそのことは、専門家や通《つう》にとっての、趣味と実益を兼ねた歓迎すべき休日に等しかった。しかも、ヴェリティが手短に説明したように、マクスウェル事件は通にとってはお誂《あつら》え向きの事件だった。

ランブラーはでっぷりした男だった——ヴェリティ自身に劣らず太っていた。物悲しげな顔をした巨漢で、ピンクの顎と冷静緻密な頭脳の持主だった。彼の逍遙する人《ランブラー》という名前は人柄に似つかわしくなかった。なにかに取りついたら、とことん追いつめるまではなさない粘り強い性格を考えるならば、むしろ不正確な名前といってよかった。彼は、ヴェリティにいわせれば、「くそまじめで、ひたむきなイルカ《ポーパス》」だった。しかしながらだらしない着こなしや、ワイシャツ（いつも襟がゆるすぎる）や、ネクタイ（いつも結び目がゆるすぎる）をつぶさに観察した人間なら、ランブラーという名前が、いささか誤った印象を与えるその響きも含めて、やはり部分的には彼にふさわしい名前だと納得することだろう。

彼はヴェリティとは昔からの知合いで、自分が手がけた難事件のうちの二つを、もっぱらこの年長の友人の猛烈な干渉のおかげで解決していた。彼らの提携は双方をともに有名にし、スコットランド・ヤードの語りぐさになっていた。ヴェリティはランブラーの冷静な論理的思考に一目《いちもく》おいていた。一方ランブラーはヴェリティの爆発的な想像力に一目おいていた。二人に共通するのは途方もない巨体、奇妙な物事に対する健全な好奇心、そして友達がいないことだった。二人の相違点は避けがたいものばかりだった。ヴェリティは短気でひげをはやしていた。しかしランブラーには警察官という職業上そのいずれも許されなかった。

ランブラーは今、《ペルセポリス》の細長い居間でホストと向かいあって坐り、ヴェリティの家政婦が作ったすばらしい夕食を食べているところだった。スポーツ・ジャケットのおなかをゆったりと膨らませて坐り、ときおり大きなピンクの顎を撫でていた。彼の右隣りには活発で頭の回転の速いドクター・ペラムが坐っていた。左隣りのジャクソンは無口で――といって不機嫌なわけではない――スマートな制服を着た顔はいつも以上に赤味がさしていた。

夜の帳《とばり》がおりていた。何本ものろうそくがテーブルと、そのまわりを囲む古代の像たちの顔を照らしていた。鳩の卵のように、無表情に輝く無数の大理石の目が、凍りついたような眉の突起の下から彼らを見おろしていた。例によって語り手はヴェリティだった。ろうそくの焔《ほのお》が彼の老《ふ》けた大きな顔を赤く染め、目に火を点じていた。

ランブラー警部

「わたしがこれまでに会った人間で」と、彼はいっていた。「どうにも理解できないと思った者が一人二人いた。何年かかってもとうてい理解できそうもない人間がだ。その一人はかつてナポリ郊外のわたしの別荘で働いていたシチリア生まれの男だ。もう何年も前のことだよ。わたしはたいそう美しい小さな像——粘土のプリアポス像を発掘して、庭に飾っていた。太った、陽気な笑顔の、小さなテラコッタ像で、大いに目を楽しませてくれたものだ。見ているだけでしあわせな気分になってくる。ところがわたしの庭師はその像を憎んでいた。口もとにうかぶ楽しそうな笑いと、小さな手足のまわりの皺が嫌いだったんだろう、とわたしはかたく信じている。ある朝彼は、わたしが外出したものと思って、スコップを手に取り、その像を叩きこわした。あっさり叩きこわしてしまったのだ！　それから破片を月桂樹の林に埋めた……わたしはあの出来事を決して忘れない。じつに恐ろしい出来事だった」

だれ一人なにもいわなかった。ヴェリティ氏はワインのボトルを回し、テーブルを囲む像たちが黄色い光のなかできらめいた。

「あのシチリア人の庭師は恐ろしい男だった。それはわかっている。心の歪んだ嫉妬深い人間だ。あの小さな生殖の神の、率直さと誇り高さが、彼を怒りでみたしたのだ。彼はプリアポスの欲望と好色な口を正視できなかったのさ！　あるいは自分はなんの取柄もない人間だと彼に感じさせたのは、あの像の芸術性——黄金時代の黄金の国の喜びだったかもしれない。理由はなんだったか知るよしもないが、わたしが見守るうちに、彼は脚が曲がっているために少し前かがみになった恰好で、スコップで叩きこわし、赤ん坊のように小さな赤い手足を掬《すく》って林に埋めたのだ。それから家へ帰ろうとして振りむいた彼の顔は、庭のイトスギよりも黒々として陰鬱だったよ」

ジャクソンが椅子の上で尻をもじもじさせた。

「マクスウェルも彼と同類だ。わたしは彼を理解できないし、彼が恐ろしい。会わなくてよかったと思っている。彼の机には大きな書類の束があった——その大部分は被害者あての手紙と被害者からの手紙だった。それから受けとった金の明細だ。彼の家のどこかに——おそらく金庫にしまいこまれて——山のような『証拠物件』が眠っているに違いない。手紙の内容はみな同じだった。たった一度の軽率な過《あやま》ち——それも、たとえばカニンガムの場合のように、しばしば比較的罪のない過ちか、パクストンのように親切心が仇《あだ》となったケースさえある——のために、一生戦々兢々として生きていかなくてはならない男女の手紙だ。それらの手紙を読むうちに、わたしはふたたび喜びが圧《お》しつぶされ、光が消えるような気分を味わった。ただしスコップは使われなかったし、怒りにまかせた突発的な行為でもなかった。長い間計面的に圧力をかけ、しかも相手をじわじわ苦しめる快感が目的でさえなかった。そしてマクスウェルはわたしの庭師よりもはるかに邪悪な人間だから、人を破滅させても殺しはしなかった。スコップのかわりに毒が用いられた。異教的な歓喜の美しい破片は庭の月桂樹の林に埋められて、あとになにも残さなかったが、マクスウェルの被害者たちの顔は今もあそこに、《ザ・チャーター》

に残っている。いつ終るとも知れない苦しみに引きさかれ、苦悩の皺が刻まれた顔が。なのに今、われわれ四人はたがいに意見を持ちより、知恵を絞って、彼を殺した犯人をつかまえなくてはならない」

「いかにもあんたらしい」と、ランブラーが顎を撫でながらゆっくりいった。「前にも同じせりふを聞いたことがある。正確には二度聞いている」

「そのときわたしは犯人をつかまえたかね?」

「ああ。ほとんどそういった直後にね」

ジャクソンが驚いて腰を浮かした。

「いやいや、心配しなくていいよ、警部」ヴェリティは笑いながらまたワインのボトルを回した。「犯人逮捕ははるか先の話だ。それになすべきことがまだ山ほどあるのに、のんびり思考停止していられる場合じゃないよ」

「よろしい」と、ランブラーがいった。「では仕事にとりかかろうじゃないか」

「基本的事実は食事中に話したとおりだ」と、ヴェリティが葉巻に火をつけながらいった。

「ペラム、ほかになにかつけくわえることはあるかね?」

「ああ」医師の鳥のような顔が、とつぜん背景から浮かびあがった。「検屍の結果、死体から発見された二発の弾丸は、どちらも四五口径のリヴォルヴァーから発射されたもので、一発が左心室を貫通して被害者を死にいたらしめたことがわかった。即死だったにちがいない。それから顔にもひどい打撲傷が認められた——倒れたときになにかにぶつかったんだと思う」

「ありがとう、ドクター」と、ランブラーがいった。「残念だがそうなると、マクスウェルが自分で鍵をかけた可能性はなくなりそうだな——なぜ彼がそんなことをするのかという理由はどのみち思いつかないが」

「わたしもそう思う。あそこを撃たれたら、ひとたまりもなかったことは疑いない」

「なるほど」それから彼はジャクソンに話しかけた。「きみの容疑者リストをもう一度おさらいさせてくれ。パクストンさんにカニンガムさん、それにミス・バートン、もう一人はミスなんといったかな?」

「フレイマーです。それにミス・バートンの友達らしいウィニッジという男がいます」

「この町の人間かな?」

「おそらく」

「よろしい。さて、これまでに起きたことはあらかたヴェリティから聞いた。もう一度彼におさらいしてもらえれば話が早いと思うが」

「いい考えだ!」ヴェリティの目が期待で輝いた。恐ろしいシチリア人の庭師のことは、もはや彼の頭にないらしかった。「話はいたって簡単だが、目下《もっか》のところまったく説明不可能でもある。パクストン氏は窓から部屋に入ってドアから出ている。カニンガム氏はドアから入って窓から出ている。ところがドアにも窓にも鍵がかかっている。ドアの鍵は室内の床に落ちていた」

「となると明らかに、二人のうちのどちらかがマスター・キイを持っていたことになる」と、ランブラーがいった。「パクストンが持っていたとすれば、入ったあとで窓に鍵をかけて、出て行くとまた外からドアに鍵をかけることができたはずだ」

「そのとおり」と、ヴェリティが感嘆していった。「まったくそのとおり」

「一方カニンガムがマスター・キイを持っていたとすれば、ドアから入るときにそれを使って、出るときにまたドアに鍵をかけ、隣りの部屋の窓から外へ出たということが考えられる。きみ自身、巡査はカニンガムがどの窓から出てきたかはっきりしなかった、といっている」

「それも正しい」

「ついでにいうと、巡査のくせにどの窓かはっきりしないというのも珍しいな」

「それがアムネスティの警察ですよ」と、ジャクソンが予防線を張った。

「そうだろうとも。キャリントンの警察はここは大違いだと、ヴェリティから聞いているよ。ところで、パクストンは窓に鍵をかけたことを認めているのかね?」

「いや、認めていません」

「カニンガムはパクストンの部屋の窓から出たことを認めているのか?」

「いや」

「じゃ嘘をついているほうは相当にしたたかだな」

「そこが問題なんだよ」と、ヴェリティがゆっくりいった。「どっちも嘘をついているとは思えないんだ」

「それはどういうことかね？」

「カニンガムが雨樋を伝っておりたところで、巡査に身体検査されたことをわたしはたまたま知っている。それからわたしがパクストンから拳銃を取りあげたとき、彼が玄関ホールで身体検査されたのもこの目で見ている。二人とも鍵は持っていなかったんだよ」

「パクストンは助けを呼ぶ前に鍵を始末したかもしれない」

ヴェリティがかぶりを振った。

「わたしは、死体発見直後で、極度に興奮した状態にある彼に、そのことを問いつめた。彼は断固否定したよ。そういう状況での否定は信用していいんじゃないかな。おまけに彼は殺人を通報したあとずっと監視下におかれていた。マスター・キイを隠したとしても、それを取りもどすチャンスはなかったはずだよ」

「なるほど」

「カニンガムはパクストンが彼を陥《おとしい》れるためにマスター・キイを置いたといっている。だがそれは不可能だった。ただし、だれかが彼を陥れるために置いたという説は信じてもいいね」

「だれかとは？」

「たとえば、女支配人のミス・フレイマーはどうかね？」と、ドクター・ペラムが横から口を出した。「マスター・キイを持っている可能性がいちばん高いのは彼女だし、あんたは彼女がなんらかの形で事件にからんでいるといったと思うが」

「上出来だよ、ドクター！」と、ヴェリティが叫んだ。「ワインをもっとやりたまえ！……そう、わたしは彼女が事件にからんでいるとにらんでいる。彼女とパクストンが内緒話をしていたというし、マクスウェルの書類のなかには、ここで『ミス・F』に会うことというメモがあった。それから彼女がパクストンとマクスウェルの出会いを『なごやか』だったと断言したことをおぼえているが、どう考えてもそんなはずはない。カニンガムを陥れるために鍵を置いたことと、その意図的な嘘とを考えあわせると、ひとつの明白な結論が導きだされるような気がする」

「つまり？」

「彼女がパクストンを庇《かば》っているという結論だよ」

「その理由は？」

「わたしにわかるわけがないだろう。ただ――」

「ただ？」

電話が鳴った。ジャクソンへの電話だった。

「なんだ、マシューズ？」

しばらく間《ま》があった。やがて、

「ほんとか?……よし、わかった」

ヴェリティがテーブルから声をかけた。「マシューズにきいてみてくれ、今朝パクストンとカニンガムが食堂にいたときに、ミス・フレイマーが入ってきたことをおぼえている者はいないかと!」

ジャクソンがその質問を電話で伝えた。ちょっと間をおいて、警部はいった。

「よし……いいだろう! またなにかあったら連絡をくれ」

彼は電話を切ってテーブルに戻ってきた。

「ええ、ミス・フレイマーは食器を戸棚にしまうために食堂へ入ってきたと、ロックスリーがいってます。実際になにをしたかは、あまり注意して見なかったそうです」

「それはいつのことだ?」

「われわれが談話室でパクストンと会っていたときです」

「いいぞ! 彼女は椅子の下に鍵を置くチャンスがいくらでもあったわけだ」

「ええ」と、ジャクソンがいった。「それにわたしがたった今受けとった証拠も、あなたの推理を裏づけています」

「というと?」

「マスター・キイからはほかの人間の指紋は検出されなかったそうです。ミス・フレイマーの指紋だけでした」

「確かかね？」

「確かですとも」

「すばらしい！　ほかには？」

「ええ、今リヴォルヴァーの指紋を調べているところです。そうそう、それから、カニンガムをつかまえた巡査は、出てきたのはマクスウェルの部屋の窓からだったと断定しましたよ」

「なぜそう断定できるのかな？」ヴェリティはかすかな笑みをうかべながらいい、テーブルから乾《ほし》ぶどうをひとつかみ取った。「いずれにせよ、それはもう大して重要じゃなさそうだ。カニンガムはわれわれに嘘をつく必要がなかった。彼がマスター・キイを持っていなかったことをわれわれはすでに知っている——だからパクストンの部屋の窓から出たと嘘をついても、得にはならないはずだ」

「なるほど」と、ランブラーがふたたびいった。「いや、これは面白い」

「だろう、ポーパス？」と、ヴェリティが興奮の口調でいった。「きみの前にあるのは世紀の怪事件だ。ある部屋で一人の男が殺される。きわめて疑わしい容疑者が二人いる。容疑者Aは窓から入ってドアから出る。容疑者Bはドアから入って窓から出る。容疑者Aは窓に鍵をかけることはできるがドアに鍵をかけることはできない。容疑者Bはドアに鍵をかけることはできるが窓に鍵をかけることはできない。つまり二人とも窓とドアの両方に鍵をかけることはできない——が、窓にもドアにも鍵がかかっている。しかもどちらも内側からだ。一方、検屍の結果死ぬ前に自分で鍵をかけることは不可能だったと判定された死体が、ほかにだれもいない部屋の床のカーペットを血だらけにして横たわっている」

「あの女を除いてはだれもいない部屋で」と、医者がいった。

「そうだ。ところが彼女は気を失っていた」

「自分でそういってるだけだ。証明する方法はないよ！」

「それはミス・バートンのことだな？」と、ランブラーがいった。

「そうだ。彼女のせいで話がみごとにややこしくなる」

「彼女のおかげで話がわかりやすくなる、というべきだよ、ドクター」と、ランブラーがいった。「なぜならだれがドアと窓の両方に鍵をかけたかという問題は、彼女を抜きにしては絶対に答が出ないからだ。だが少なくとも今は考える手がかりができた――たとえ覆面をした男という夢みたいな話にすぎないとしてもだ」

「夢みたいな話だからこそじゃないのかね？」と、医者は負けずにいいかえした。「明白な嘘が警察官の救いになることもあるからだ」

「たしかにそうだ」と、ヴェリティが同意した。「もしもその話が嘘だとすればだが」

「もちろんあんたもあの女の話を信じてなどいないだろう？」

「かといって疑うわけにはいかない。どんなことでもだ。おっと――ホストの役目を忘れていたよ。葉巻をどうぞ」

彼は葉巻の箱を回した。四か所でマッチの炎が闇を照らした。

「論理的に考えてみよう」と、ランブラーが煙を吐きだしながらいった。「ミス・バートンの話を除外するわけにいかないとしたら、彼女自身も除外するわけにはいかない。彼女はこの事件でなんらかの役割を果している」

「そうです」と、ジャクソンがいった。「おっしゃるとおり、彼女を抜きにしてこの密室の謎は解けません」

「そのとおり。かりにパクストンかカニンガムがマクスウェルを殺したとしても、だれかの助力なしには不可能だった。ということはミス・バートンがいちばん怪しい。その女は明らかに共犯か単独犯かのどっちかだ。わたしは共犯説をとる」

「その理由は?」と、医者が質問した。

「つまりその、あんたの話を聞くと、彼女は人間を一人殺しておいて、衣裳戸棚のなかで自分を縛りあげるようなタイプの女性とは思えないからだ。もちろんこれは推測でしかない。その可能性についてはあとで検討するとしよう。まず二つの可能性のうちの共犯説から検討してみよう。彼女が共犯だとしたら、主犯はだれなのか? パクストンか? そうは思えない。なぜそれほど急いで警察を呼ばなくてはならなかったかという理由がわからないからだ。自分が部屋を出たあとで、共犯者にドアに鍵をかけさせることになにか目的があったとしても、急いで警察を呼ぶことでその狙いをみずからぶちこわしてしまったことになる」

「そのとおり」と、テーブルの向かい側からヴェリティが相槌を打った。

「となるとカニンガムが主犯だという可能性が残る。このほうが可能性は大きい。そもそも彼は、部屋に入りこむために彼女を利用しなくてはならない。彼女自身の告白によれば、マクスウェルはいつも彼女に食事を注文していたそうだから、ドアに鍵をかけずに待っていたと考えられる」

「そうとも！」ドクター・ペラムが勢いよくうなずいた。

「ではそれから先のことを想像してみてくれ。彼女が七時三十五分ごろに部屋に入ったと仮定しよう。カニンガムは七時四十分ごろにやってくる。マクスウェルと争ったあとで彼を射殺し、部屋から出ようとしたときに、バルコニーにいて窓から入ってこようとしているパクストンの姿に気がつく。そこで二人は隠れる——一人は衣裳戸棚のかげに、もう一人はおそらくベッドのかげにだ。パクストンが入ってきて、マクスウェルを一瞥し、彼が死んでいることに気がついて、警察を呼ぶために部屋からとびだして行く。むろん二人はぐずぐずしていられない。かといってマクスウェルの部屋から出るところを人に見られたらおしまいだ！　そこでカニンガムが、おそらくマクスウェルがいつも鍵穴にさしこんだままにしていた鍵で内側からドアに鍵をかけ、床に投げ捨てる。それをきみが発見したというわけだ。それから彼は窓に近づいて、外へ出る——自分が無事に下へおりたらすぐあとに続けと、ミス・バートンにいいのこして。彼は雨樋を伝って下におりるが、そこで待っていた警官にあっさりつかまってしまう。ミス・

バートンは部屋からそれを見て茫然とする。いったいどうしたらいいか？　ドアから出るわけにはいかない。ヴェリティ、きみがパクストンと一緒にドアの外に駆けつけていたかもしれない――」

「そのパクストンが大声で騒ぎたてていたからな」

「そのとおり。しかし下に警官がいる以上、窓から出ることもできない。そこで彼女は妙案を思いつく――せっぱつまった状態で生まれたアイディア、すなわち覆面男の作り話だ。あわてて窓に鍵をかけ、衣裳戸棚に入りこんで自分で自分を適当に縛り、万一のことを考えて戸棚の鍵をなかに持ちこんでから、扉をしめる。戸棚の鍵は自動式だと、たしかきみはいってたな」

ヴェリティの青い目が楽しそうに輝いた。

「いいぞ！」と、彼はいった。「すばらしい！」

医者が低い声で賛成し、ジャクソンでさえ感心していた。

ヴェリティが立ちあがって背後のドアをあけた。庭から風が吹きこんで、ろうそくの火を消した。葉巻の火の明りで彫像の輪郭だけが見えていた。医者がヴェリティに近づいた。

「妙な話だ」と、ペラムが丘の下の黒い海を見おろしながらいった。「人間としてのきみたちは、みな自分の欠点や過《あやま》ちを犯す危険を知っている。ところが探偵としてのきみたちは、なぜか他人を自分とよく似た男や女として見ることができない。きみたちは目の前の事実を、まるで完全犯罪のかすかな手がかりか、みごとに成功した計画の小さな、拭い消しがたい痕跡であるかのように考える。だが、それらをありのままに——すなわちある犯罪の不完全性を示すものとして見れば、あらゆることがおのずと明らかになるんだがね」

「まったくだよ、ドクター」と、ヴェリティが嘆息した。「われわれは度しがたい愚か者だ。ランブラーの鋭い指摘を聞いてみれば、なるほど覆面男の話はまさにそれだけのもの、つまりとっさの作り話としか思えない。同情的に見れば、目の前の事実からは、結局のところ悪魔的な狡知《こうち》は浮かんでこない。要するにとっさのことで頭が混乱した一人の女が、自分と共犯者を救うにはどうすればよいかわからず、あいていなければならない窓に鍵をかけ、始末しなければならない拳銃を床に置きっぱなしにしただけの話だ。まったく哀れなほど愚かな行為だよ。しかもそのあと、女は真暗な衣裳戸棚のなかで恐ろしさに震えながら、覆面男のばかげた作り話を考えだした！　そのくせ窓に鍵をかけるという失敗をしでかしたために、覆面男の存在をわれわれに信じさせるチャンスをみすみす葬ってしまったのだ！」

「カニンガムと女の間になんらかのつながりがあることを確かめる必要がありそうですな」と、ジャクソンがいった。「目下《もっか》のところ二人が知合いだったという証拠はありません」

「それは間違いない」と、ランブラーが断言した。「あの二人は知合いだ！」

暗いホールで電話が鳴った。ジャクソンが立ちあがって手探りで電話に出た。しばらくして、彼は唸り声を発し、やがて電話を切った。

「カニンガムの銃の鑑識結果が出ました」と、彼はいい、ランブラーのほうを向いた。「われわれが部屋のなかで発見した銃です」

「それで？　もちろんカニンガムの指紋が検出されたんだろうな？」

「ええ。それからミス・バートンの指紋もです」

ヴェリティが暗い部屋に戻り、親しみをこめてランブラーの腕をつかんだ。

「聞いたかね、ポーパス？」と、彼は賞讃の口調でいった。「おまけにミス・バートンの指紋もだよ！」

「それから厄介なことに、パクストンの指紋も見つかりました」と、ジャクソン警部がいった。

6

「まったくこんなややこしい事件が起きるのも無理はないよ」と、ヴェリティがぼやいていた。一夜明けて、彼とランブラーは坂道をくだって町へ向かうところだった。「なにしろこの耐えがたい暑さじゃな」

「まったくだ」と、ランブラーが海のほうを見ながらいった。「今日あたり少しは泳げるかな？　こっちはまだ休暇中だってことを忘れないでくれよ」

「わかったよ」と、ヴェリティが答えた。「だが、残念ながら水着が一着しかない。きみがジャクソンと会っている間に、わたしが先にひと泳ぎする。きみはそのあとだ。ああ！……あれを見ろ！　通りのこっち端に立つあの白い建物を！」

「《ザ・チャーター》かね？」

「そう、アムネスティの《ザ・チャーター》、ぱっとしないイギリスの小さなホテルだ。いったいだれがわざわざこんなところへきたがるというのかね？　なのにマクスウェルはこのホテルを選んだ。なぜだ？……それはミス・バートンがいたから――」

「あるいはミス・フレイマーがいたから――」

「さもなきゃその二人がいたからだ」

「それにパクストンもこのホテルを選んだ」

「おそらくマクスウェルがいたからだろう」

「それからカニンガムも、同じ理由でこのホテルを選んだ。たぶんマクスウェルがここから彼らに楽しい手紙を出したんだろう」

「それにもう一人ウィニッジという男がいる。この男が何者か、だれか知っているかね？」

「土地の人間だ。今夜には何者かわかるだろう」

「よかろう」

「それから忘れてならない人間が一人いる」

「ほう、だれかね？」

「イギリス王リチャード四世だよ」

ホテルでは、すでにジャクソン警部が談話室で、ほかの宿泊客からの事情聴取に精を出していた。ヴェリティはこっそり抜けだして海水浴に行き、ランブラーはそれから三十分間、固定収入でその日暮しをしている三人の当惑顔の未亡人と、禿頭で背筋をぴんとのばした威丈高《いたけだか》なレインチャート大佐が、事件についてはなにも知らないし、大して関心もないと答えるのを見守った。大佐はおとといの晩一発の銃声を聞いたような気がした――が、あとでわかったところでは「犬の吠え声にすぎなかった――まったく迷惑しごくな話だ！」と語った。

使用人たちもなにも知らなかった。マクスウェル氏は食事を毎回部屋に運ばせており、給仕を許されていたのはミス・バートンだけだった。

しかしながら、ある興味深い事実が、引退した建築業者で、今は海辺で長期休暇をとっているスウォッバー氏なる人物の口から語られた。スウォッバー氏の部屋は、中央階段から最も遠く、マクスウェル氏の部屋と隣接していて、そういえば昨日の朝、隣りの部屋で物音がするのを聞いた、と彼は語った。

「それは何時ごろでしたか？」と、ジャクソンが質問した。

「えーと、あれはたしか朝の六時ごろでした」スウォッバーはチョッキのポケットに両手の親指を突っこんで、束《つか》の間《ま》の注目を楽しむ構えで答えた。「そう、六時か——六時半ごろですよ。それより遅くってことはありません。遅くも六時半です」

「あなたが聞いたのはどんな物音でした？」

「そうですな、最初は隣りの部屋のドアがあく音でした。いつものことだから大して気にもしませんでしたがね」

「いつものこと？」

「そうです。マクスウェルはいつも朝早く部屋に戻ってきたんですよ。一晩の半分は外出していることがしょっちゅうでした。ミス・フレイマーの話では、その時間に運動をしていたんだそうですがね」

「なるほど」

「しかし昨日の朝はいつもと様子が違いました」

「ほう？　どんなぐあいに？」

「彼と一緒に部屋に入ってきた人間がいたんです。絶対に間違いありません！　ご存知のように壁はひどく薄いし、わたしは隣りの部屋で目をさましていたんです。彼らが部屋のなかを歩きまわる音がはっきり聞えました」

「何人いましたか？」

「二人だけですよ。マクスウェルと、もう一人の男と」

「男？」

「ええ、話し声が聞えましたから。ひそひそ声でしたが、間違いなく男の声でした……それから物音がしたんです」

「どんな物音ですか？」

スウォッバー氏は身を乗りだして、大きくウィンクした。「それが問題でしてね……呻き声や唸り声がして――もう一人の男が小声で話していました。それから、まるで酔っぱらってでもいるようによろめき歩く足音。そしてだしぬけに――ばたん、と人が倒れたような音がしました。それっきり呻き声がぴたっとやんだんです」

「それから？」

「ドアがあいて一人が出て行きました」

「それだけですか？」

「それからずいぶんたって、車が走りだす音が聞えました。いいですか、それがホテルのすぐ前からじゃないんですよ。少しはなれた場所からでした！」

「車は通りの先に駐《と》まっていたってことですか？」

「そうです。ホテルの少し先に……」

「車が走り去ったのはどれくらいたってからですか？」

「そりゃずいぶんたってからですよ……十五分はたっていたに違いありません」

「わかりました。ほかには？」

「いや、なにも思いだせませんね。わたしはそれから間もなく眠ってしまいました」

「すばらしい」スウォッバーが出て行くと、ランブラーがいった。「これでまた、新しい道がいくつか拓《ひら》ける」

ジャクソンは自己満足の表情でうなずいた。

「やれやれ」と、庭からヴェリティの声がした。「まだ道が足りんというのかね？」

「やあ。水はどうだった？」

「暖かすぎたよ！」

彼は濡れたひげをしぼりながらフランス窓から入ってきた。すでにだぶだぶのフランネルに着がえていて、巨大な藤色の濡れた水着が、張りだしたリンゴの枝にぶらさがっているのが見えた。

彼らはスウォッバー氏の話をヴェリティに伝えた。

「まさに新しい道だ！」と、ヴェリティは興奮して叫んだ。「隣りの部屋から呻き声が聞えたというこの話からは、いろんな推測が可能になる。いいかね、医者は銃創が二か所発見されたが、致命傷となったのは一か所だけだといっている。目下《もっか》のところわれわれは二発の弾丸が同じ銃から発射されたものと想定している。しかし一発がもっと前に、別の銃から発射されたものだとしたらどうなるか——たとえば六時半ごろに車で立ち去った男によって発射されたものだとしたら？」

「それなら部屋じゅう血だらけだったことの説明がつきます」と、ジャクソンがいった。

「それに階段の下の血もだ」と、ヴェリティがいった。「たぶんその男がマクスウェルを部屋まで運びあげたんだろう」

「たしかにそのほうが筋は通る」と、ランブラーも同意した。「どうやら容疑者がまた一人ふえたようだな」

「ウィニッジかね？」

「まあそんなところだ」

「そうそう、きみにいい忘れていたが」と、ヴェリティがこの日最初の葉巻に火をつけながらいった。「マシューズ巡査部長にいって、ミス・バートンを帰す前に彼女の部屋を調べさせたよ」

「あなたがマシューズに？」ジャクソンは明らかにショックを受けていた。

「そうだ。責任はわたしがとるといっておいたから、マシューズを責めないでくれ。だがやっただけのことはあった。彼はひきだしから一通の手紙を見つけた、マクスウェルからの手紙だよ」

「まさか！」ランブラーの全身が耳と化した。「で、どんな内容かね？」

「べつに、大したことは書いてない。彼に給仕するのを断わらないほうが『身のため』だと警告している。それから、また逃げようとしたら――いいかね、『また』だよ――もっとひどい目にあわせてやる、とも書いてある。彼は自分が握っている秘密をとことん利用するつもりだったらしい」

「すると彼はそのためにここへやってきたわけだ！」と、ランブラーがいった。「彼女がここに身を隠していたのを、マクスウェルが嗅ぎつけたんだ！」

「ま、いずれにせよ彼女は彼の警告を無視したんです」と、ジャクソンが口をはさんだ。「われわれが発見したウィニッジの脅迫状を見れば、彼女が彼に話したことは明白ですよ」

「ウィニッジが鍵を握っている可能性がますます濃くなってきた」ランブラーは顎をつまんで考えこみながらいった。「できるだけ早く彼と会わなくてはならんな」

「それが彼の本名だとしての話だがね」と、ヴェリティがいった。「とりあえずきみの共犯者二人を呼ぶとしよう。さぞ興味深い話が聞けるだろう」

「よろしい。まずカニンガムからだ。そのあとでおなじみの対決シーンとゆくか」

ジャクソンがうなずいて、ロックスリー巡査にカニンガムを呼びに行かせた。間もなくカニンガムがやってきて、ジャクソンおよびランブラーと向かいあって籐《とう》のソファに腰をおろしたときは、明らかに前日より落ちついていた。部屋の隅に坐っているヴェリティの目には、目も焦点が定まり、口ひげと砂色の髪もブラシで整えられているように見えた。

「こちらはランブラー警部です、カニンガムさん」と、ジャクソンが紹介した。

ランブラーは微笑をうかべた。彼の第一容疑者は反感をむきだしにして見かえした。

「警部があなたに二、三質問したいと――」

「断わる！」と、カニンガムがいった。「わたしの答は昨日全部聞いたはずだ。あんたから彼に話してやってくれ！　同じことを二度もくりかえすのはまっぴらだ！」

ヴェリティ氏はこの男の灰色の目にうかぶ激情を観察した。その必要があれば、容易にはったりが通じそうな男だった。

ランブラーは小山のような肩をまるめてテーブルに身を乗りだし、小さな口からいつにない猫撫で声を発した。

「カニンガムさん」と、彼は柔かな両手を合わせながらいった。「われわれは目下《もっか》殺人事件の捜査中です。あなたは大勢の容疑者の一人なんですよ。わたしの質問に正直に答えるほうがいいと思いますがね」

「あんたが呼ばれた理由はわかっている」と、カニンガムは相手をにらみつけながらいった。

「この事件が彼らの手に余るからだろう!」

ランブラーはそれを無視して続けた。「差し支えなかったら昨日の供述のひとつをもう少しくわしく話してもらいたいんですがね」(この種の取調べにかけては、彼とヴェリティは甲乙つけがたかった。かつて彼らを評して、「魔女キルケーがバイソンに変えた二人の穏かな賢者」といった者がいる)「あなたは昨日ヴェリティさんに、かつて株式仲買店で働いていたといいましたね。それは本当ですか?」

「なんで嘘をつかなきゃならんのかね?」と、カニンガムはむっとしていった。

「その会社はどこにありましたか?」

「シティのどこかだよ」

「たいそう協力的ですな」と、ランブラーは物騒な口ぶりでいった。「どうしてその会社をくびになったんです、カニンガムさん?」

「そんな質問に答える義務はない……くびになった理由なんてあんたの知ったことじゃない」

「さしあたってはそうでしょう。しかし、いずれ陪審が知りたがるかもしれませんよ」

「それはどういう意味だ?」

「ねえ、カニンガムさん、もう少し聞きわけよくしたらどうですか！　あなたは大量の麻薬を常用して、仕事に信頼がおけなくなったために、会社をくびになった。そこまではだれにでも見当がつきます。そもそもなぜ麻薬を使用するようになったかは、たしかに他人の知ったことじゃないでしょう――いずれにせよ今のところは。しかしそれをどこで手に入れたかとなると、話はまったく別ですよ」

「どこで手に入れたかだと？」

「そうです、カニンガムさん、どこで手に入れたんですか？　あなたが麻薬をやっていることを知ったからといって――すでにヴェリティさんが指摘したように――脅迫者にとっては大した脅迫材料にならなかったでしょう。そんなことはだれでもひと目でわかりますよ。おまけに、麻薬中毒がばれるのを気にかけるほどの自尊心が残っていたかどうかも疑わしい。まして脅迫者に麻薬の使用をばらされるのを防ぐために、あなたが金を払うなんてことは、とうてい考えられませんよ」

「わたしがカニンガムさんにそのことを指摘したのは」と、ヴェリティが《スフィア》のかげからいった。「彼が嘘をついていることを、できるだけ失礼にならない方法で指摘すること、それだけが目的だった」

「で、失礼にならない方法を選んだ理由は？」と、ランブラーが友人にたずねた。

「彼の本当の動機を証明する必要があるとは思えなかったからだよ。マクスウェルを知っている人間は一人残らず彼を殺す動機を持っていた。だからカニンガムさんが事件に関係していることがわかればそれで充分だった。あとは察しがついたよ」

「なにを察したのかね？」

しばし沈黙が訪れた。ジャクソンはメモをとるのを中断した。カニンガムは苦悶の表情をうかべていた。

「麻薬中毒者は、麻薬の使用を人に知られることを意に介さないとしても」と、ヴェリティは注意深く答えた。「麻薬の入手先を知られることは望まない、ということさ」

「たった今カニンガムさんは身をもってそのことを示してくれた」と、ランブラーがいった。

「そのとおり。わたしはマクスウェル自身が麻薬の供給者ではなかったかと考えたが、やはりそうではないという結論に達した。麻薬の密売は彼にとってあまりにも手間のかかりすぎる商売だからね」

「おまけにあまりにも健全すぎる」と、ランブラーがいった。

「さらにわたしはマクスウェルの書類のなかから、カニンガムさんあての、お定まりの金を要求する手紙を発見したことも思いだした。救いようのない中毒者に麻薬を売りつけている人間が、なにも、そのことをばらされたくなかったら金を払えと脅す必要はないわけだ」

「いいかえれば」と、ランブラーがきいた。「マクスウェルは麻薬を供給しつづける代償ではなく、秘密を守りつづける代償を要求していたということかね？」

「そう、いいかえればそういうことになる」

「で、彼が隠さなくてはならなかったのはなんだと思う?」

「それはきみがついさっき質問したこと、つまりだれがカニンガムさんに麻薬を供給していたのかということだろうな。それがわかれば、そしてそのことが証明できれば、カニンガムさんはいい逃れできないだろう」

「その点は心配無用」と、ランブラー氏がヴェリティ氏にいった。「それがわからなくてもカニンガムさんはいい逃れできないよ」

ランブラーは犠牲《いけにえ》のほうを向いて——がたがた震えだしていた——取調べを再開した。ジャクソンは茫然としてテーブルに坐り、メモをとることに専念した。

「さて、あなたに麻薬を供給していた人間がだれかということは、マクスウェルも知っていた。その人物の素姓については——ま、それはだれでもいい! ヴェリティさんの推測とわたしの推測はほぼ一致している。その名前はマクスウェルの手紙のなかに出てくるかもしれないが、当てにはできない。ところでカニンガムさん、ミス・バートンとはいつごろからの知合いですか?」

「ミス・バートン?……なんのことだ? ミス・バートンなんて知らんよ!」

「いいですか」と、ランブラーは静かにいった。「世間一般の考えとは違って、警察はその手のいい逃れにうんざりしているんですよ。じつはわれわれが筋書をすべて知っているとしたらどうです?」

「筋書?」と、カニンガムが叫んだ。「ミス・バートンなんて女は知らないといったろう! ……あんたの質問にはうんざりだ……あんたは頭が切れるつもりで——そこのひげの友達と二人でかけあいを演じている!……そうとも、めっぽう頭が切れるだろうさ! 二人で勝手にやってくれ! わたしの協力なんか必要ないだろう! ごりっぱだよ!」

「ミス・バートンを連れてきてくれ!」と、ランブラーがロックスリーにいった。

全員が無言で坐っていた。彼女が部屋に入ってくるまで、その沈黙を破るのは、「勝手にやってくれ……ごりっぱだよ!」と呟《つぶや》くカニンガムの声だけだった。ランブラーは明らかに張りきって主役を演じようとしていた。ヴェリティは《スフィア》を手ばなした。

彼女は部屋に入ると同時にカニンガムを一瞥したが、目に見える感情の動きは顔に出さなかった。実際、ウェイトレスの制服を着た彼女は、冷静さを絵に描いたようだった。ほとんど挑戦的といってもよい態度で昂然《こうぜん》と胸を張り、庭から入ってくる陽の光をおさげ髪に受けながら、ジャクソンのわずか左に立った。頬にはいくぶん血色が戻り、生きいきとした青い目がきらきら光っていた。

二人の老人は感嘆の目で彼女を眺めた。

(「もしもランブラーが麻薬の密売をやっていると彼女を告発するつもりだとしたら」と、ヴェリティは思った。「それは大きな間違いだ。わたしは彼と違って自分の記憶を信頼する。そしてわたしはシチリア人の庭師と同じくらいシラクサの女人像もよくおぼえている。彼女は人殺しかもしれないが、麻薬の密売はやっていない。麻薬の密売は正当化できんからな」)

「おはよう」と、ランブラーが愛想よくいった。「今朝は気分はどうかね?」

「おかげさまでだいぶよくなりました」彼女はほほえんだ。

「それはよかった。では、もしよかったら昨日の朝の事件に関するきみの供述をもう一度おさらいしてみたい」

「今ですか?」

ランブラーは愛想よくうなずいた。

(「だが口出しはよそう」と、ヴェリティは独白を続けた。「彼女がカニンガムに麻薬を供給していると告発したとしても、口出しはしない。見当違いの告発をしていると容疑者に思わせることが、ときには役に立つ場合もある……それにしてもばかげたいいまわしだな――『見当違《バーキング・》いの告発をする《アップ・ザ・ロング・トリー》』とは! 正しい方に向かって吠えた《バーキング・アップ・ア・ライト・トリー》からといって、なんの役に立つというんだ?……」)

ヴェリティ氏がそんなことを考えている間に、女は前日の話をくりかえしていた。ランブラーは彼女に対してやさしかったが、視線はいっときも相手の顔からはなれなかった。彼女は知っていることをすべて話した。マクスウェルに呼ばれたこと、覆面の男が入ってきたこと、口論、拳銃の発射、気を失ったこと、衣裳戸棚のなかで意識を取りもどしたこと――顔を赤らめもせずにすべてを話した。さすがのランブラーも彼女がしたたかな嘘つきであることを認めざるをえなかった——共犯者がすぐ後ろのソファに坐っていることを考えれば、見あげた度胸といってよかった。彼女が話しおわると、彼は丁重に礼をいった。

「きみの説明は明瞭そのものだ、ミス・バートン。まことに運が悪かった。ところで男がマクスウェルさんを脅したとき、どんな銃を持っていたか気がつかなかったかね？」

「いいえ。気がつきませんでした」

「それは残念。きみはマクスウェルさんを知っていたかね？」

「あまりよくは知りません……もちろん、お部屋に食事を運んではいましたけど」

（「彼女は嘘をついているかもしれない」と、ヴェリティは思った。「しかし、ウィニッジの手紙が別のアリスを指している、という可能性はないだろうか？……」）

「なぜ『もちろん』なのかね？」と、ランブラーがたずねた。「きみのほかに彼の部屋に入ることを許されていた者はいないと思うが」

「それは——わたしにも説明できません……」

「思い当るふしはないのかね？」

「全然ありません」

「わたしにはある！」とカニンガムが叫び、勢いよく立ちあがってヴェリティのほうを向いた。

「おといの晩彼女がマクスウェルの部屋に入って行くのを見たと、あんたにいったろう。この目で見たんだよ！」

「たしかにそのことは聞いたよ」と、ヴェリティが平静な声でいった。「二人がいい争う声を聞いたといったろう。彼女が部屋に入ったとたんに大喧嘩が始まったんだ！」

「まあ！……」と、アリスが叫んだ。「たいへん！……」彼女はあわててテーブルの後ろへ回りこんだ。「この声、どこかで聞いたわ！」

「どの声かね？」

「この人をわたしに近づけないで！　彼はわたしが本当のことを話しているのを知っているのよ！」

「本当のことだと！」と、カニンガムが叫んだ。「本当のことを話しているのはわたしのほうだ！　わたしは彼女がマクスウェルと争っているのを聞いた。彼女が部屋に入って行くのをこの目で見たんだ！」

「この人のいうことに耳を貸さないで！　嘘をついているのよ――だれにだってわかるわ！」

「このわたしが嘘をついてるって！　結構じゃないか！　大いに結構――」

「お静かに！」と、ランブラーがテーブルを叩いて咆《ほ》えた。とたんに沈黙が訪れた。「いったいだれの声に聞きおぼえがあるというのかね、ミス・バートン？　こちらはカニンガムさん、ホテルの泊り客だよ」

「ええ」と、アリスが震えながらいった。「前に会ったことがあります。でも食事を運んだことはありません。昨日の朝までは声を聞いたこともありませんでした」

「それはマクスウェルの部屋でかね？」

「はい。間違いありません――この人が覆面の男です」

一瞬ふたたび沈黙が訪れ、やがてカニンガムが笑いだした。

「いやはや、警部さん！」彼はひげを震わせながら小刻みに笑いを呑みこんだ。「まったく……最初はウェイトレスたちを知っているかときいたかと思うと、今度は実際にその一人を呼んで……わたしが……彼女を縛りあげて衣裳戸棚に閉じこめたといわせる……大したもんだよ、警部さん！　おめでとう！　まったくみごとなもんだ！……こんな面白い話は聞いたことがない！……」

ヴェリティはその笑いが甲高く、ヒステリックなことに気がついた。だがランブラーはそこまで注意深くなく、無言でミス・バートンをみつめているだけだった。彼女は同じ言葉を何度もくりかえしていた。

「この人よ！　わたしが聞いたのはこの人の声よ！」

その声は数分間続いた。やがて、ようやくジャクソンがロックスリーに命じた。「ここから連れだせ……二人ともだ！」声がぴたりとやんだ。ヴェリティ氏は二人が連れだされるのを心底驚いた顔で見守った。

「容疑者たちはどこにいるのかね？」と、庭からたずねる声がした。

7

それは長いグリーンのバスローブをまとって海から戻ってきたリチャード・テューダーの声だった。ヴェリティ氏が彼を紹介したが、ランブラーは呆気《あっけ》にとられてろくに聞いていなかった。

「どうか許してくれ」と、テューダーがいった。「さっき庭を通り抜けたとき、きみたちの話を立ち聞きせずにいられなかった。たしか容疑者たちと対決する話だったような気がする。もちろんわたしには関係のないことだが、どちらかといえば階級の問題のように思えるのでね」

「つまり、シティで働く人間はウェイトレスふぜいと共謀したりはしないということですか？」

「いやいや、その逆だよ。淑女は、他人にはうかがい知れない理由で、身分を隠して生きることを好むかもしれないが、だからといってカニンガムのような輩《やから》と手を組むことはしないものだよ」

「なかなか鋭いですな」と、ヴェリティがいった。「しかしながら、ミス・バートンはあなたのいうような淑女ではない。せいぜい中くらいというところですかな」

ランブラーがようやく驚きから立ちなおった。

「お目にかかれて光栄です」と、彼はいった。

「ほめてとらすぞ」と、テューダーがいった。「明らかにきみは正しい方向に進んでいた」

「そうですか？」

「そうとも。今日《こんにち》のイギリスには陰謀家がうようよしているという恐るべき事実に目をつむってはいかん。うようよしているのだ」と、彼はくりかえした。

「どうぞご心配なく」ランブラーはまじめくさっていった。「では、わたしは失礼してひと泳ぎしに行きます。それからすっきりした気分で……」

彼はすばやくフランス窓から庭に出て、行きがけにリンゴの枝からヴェリティの水着をひったくった（「残念なことだ」と、ヴェリティは思った。「ほかの場合なら、彼ももう少しありがたがっただろうに」）。それから声に出して、わたしもこれで失礼しますといったが、その口調はランブラーよりも儀式ばっていた。

「きみは紳士だな」と、テューダーが青白い顔にかかった髪の毛を払いのけながらいった。「よき伝統に従《したが》って躾《しつ》けられたと見える」

躾などまったく受けたおぼえがないヴェリティ氏は、軽く頭をさげた。

「ご両親はどういう方々かね？」と、テューダーが食いさがった。

「父親は知りません」ヴェリティはドアのほうへ行きながら答えた。「『バブ・バラッズ』（作劇家W・S・ギルバートのユーモア・バラッド集）を六回目に読んでいる最中に笑い死にしたと聞いています」

「いや——ご両親はどんな家柄かときいているのだ」

「ああ、そういうことですか。それでしたら、父は取るに足らない男です。彼の一族は株屋ばかりでした。母は違います。彼女はわたしが十歳のときにある大工と激しい恋に落ちました」

「大工と？」

「そうです。近所の人たちはそれを宗教狂いのせいにしていました。相手はわが家の建増し工事をしていた男たちの一人でした。母がその男と別れるまでに、建増し部分に、必要のない窓が十一も作られたことをおぼえていますよ。張りだし窓が七つに屋根窓が四つです」

テューダー氏は当惑して目を丸くしていた。

「どうでしょう、よろしかったら郵便局までご一緒願えませんか？　外国にいる友人に用があるんです」

「政治的な用件かね？」

「いや、美術品の鑑定ですよ。彫像をひとつ買うところなんです」

テューダーはがっかりしたようだったが、ともかく老人と一緒に外へ出ることに同意した。

アムネスティのハイ・ストリートは約三百ヤードの狭い玉石《たまいし》舗装の通りで、《ザ・チャーター》から広場まで急な下り坂だった。通りの両側には今にも倒れそうな商店が立ち並び、二階の細かい格子窓の部屋には商店主たちが住んでいた。郵便局は広場のいちばん奥にあり、二人はそこへ向かって足速に坂道をくだって行った。

「午後からわたしの証拠文書を見せてあげよう」と、テューダーが気前よくいった。

「それはご親切に。ただ、残念なことに午後は忙しくなりそうです」

「あの男が殺された事件の捜査でかね？」

「そうです」

「捜査にも値《あたい》しないつまらぬ事件だ。あの男は取るに足らぬ小悪党だった。こんな事件できみの才能を浪費してはいかんよ」

「わたしの記憶では」と、ヴェリティがにやにやしながらいった。「われわれはみな『法の下《スプ・レ》に《ゲ》』あるはずですが——たとえ国王といえども」

「わたしはその考えに同意しておらん。万人が同じ法の下にあるという概念は、理論的には正しい。しかしいざ実行するとなると、能率への障害以外の何物でもない。有力な国家を治《おさ》めることができるのは、無制限の権力を賦与《ふよ》された強力な中央政府だけだ」

「あなたのご先祖はそう信じていました」と、ヴェリティがいった。

「さよう、そして権力を行使する人間の数は少なければ少ないほどよい」

「ご先祖はそうも信じていましたよ。おそらくテューダー王朝の歴代君主はイギリス史上最も強大な権力を持っていました」

「そして最も有能だった」

「ええ。もちろん彼らは、国王は法の上にあると公言するような過《あやま》ちは犯さなかった。ただ自分で法律を作って、国王も法の下にあるといっていただけです」

彼はテューダーを従えて郵便局にとびこんだ。

アムネスティの郵便局はちっぽけな雑貨店だった。店内には乾物《かんぶつ》の匂いが漂《ただよ》い、ひどく暗かったので、カウンターの上には昼間から電燈がともっていた。ヴェリティ氏はレンズマメとサヤエンドウの蓋《ふた》のないバスケットを押しわけて、真鍮の格子窓がはまったカウンターの端に近づいた。

「おはよう！」彼は暗がりに向かって大声を張りあげた。「だれかいるかね？」

カウンターの奥でかすかな物音がして、鉄縁の眼鏡の奥から、彼に向かって光っている二つの小さな目が見えてきた。

「電報を打ちたいのだが」

「はい！」それは甲高いけれども男の声だった。

「スミルナへだ」

格子窓を通して頼信紙《らいしんし》が突きだされた。だがそれは国内用で、スミルナへの打電には使えなかった。カウンターのなかの小男はあわてて、「ヨークシャーにあると思ったもんですから」と言い訳した。

ヴェリティ氏は暗がりのなかで悪戦苦闘して、ようやくマンティス教授あての電文を認《したた》めた

（シリアの美術品に関しては事実上唯一の専門家であるばかりでなく、実際に彼の地に住んでもいるんですよ」と、彼は傍白のようにテューダーに説明した。「彼の美術品の集め方ときたら無法もいいところです。だから友人たちは彼を『禿鷹マンティス』と呼んでいるくらいですよ」)。

一方格子窓のなかでは、リスト捜しやら料金の比較やら二十五ワードあたりの料金の計算やらがえんえんと続けられていた。ヴェリティ氏は、相手が自分を追いかえすために、必死になってそんな芝居をしているのではないかという印象を受けた。それが狙いだったとしたら、結局成功した。小男は電文に目を通しはじめたが、二行目にいたってはっと息を呑み、弱々しい声で抗議した。「ヒエラポリス」という語でつかえてしまったのだ。「これは英語ですか?」

「失礼ですが」と、彼は暗がりから目を光らせていった。

「綴りはね」と、ヴェリティが答えた。

「もう少し簡単に書いてくださいよ。わたしはこの綴りを電話で読みあげなきゃならないが、キャリントンの電報局の係の娘は少し耳が遠いんですよ!」

ヴェリティ氏は結局電報がスミルナまで届きそうもないと諦《あきら》めて、頼信紙を返してくれと頼み、かわりに浴用エプソム塩を一缶買った。

「そのほうが簡単ですな」と、小男が愛想よくいった。

「たしかに」と、ヴェリティ氏はうなずいた。「ところでこのあたりでウィニッジという男のことを聞いたことはないかね？」

小男は頭を掻《か》いた。「ウィニッジ？……聞かない名前ですね。いや、ちょっと待ってくださいよ……そういえば一、二度聞いたような気がする。どこで聞いたか思いだせないが……その人はこの町に住んでいるんですか？」

「そう思うよ」と、ヴェリティが答えた。

「なにしろわたしはあまり外へ出ないもんですからね。なんなら息子にきいてみましょう」

「いや、結構、そこまでしてもらわなくていい」ヴェリティ氏はポケットを探った。「これはたしか半クラウンだったな」

その間テューダーはずっと戸口に立って、真昼の空をバックに誇り高い孤立のシルエットを浮かびあがらせていた。

「それ見ろ！」と、彼は一緒に通りへ出たヴェリティに向かって、さも軽蔑するようにいった。「これがデモクラシー支配の実態だ！　庶民にどう見ても彼らの手に余る公務をゆだねる以上にばかげたことがあるかね？」

「あの男はふつうの郵便事務ならりっぱにこなしますよ」と、ゆっくり坂道をのぼりながらヴェリティが答えた。「彼の手に余る仕事をやらせようとしたのは、政府ではなくてこのわたしです」

「まったくこの町の人間ときたら！」と、テューダーは憤然としていった。

「中央集権を讃美するあまりに、エリザベス朝のイギリスが治安判事たちによって牛耳《ぎゅうじ》られていたことを忘れないでくださいよ」

「だが上からの厳重な監督があった」

「あの時代の道路事情を考えれば、監督といってもどれほどきびしいものだったか疑わしいですな」

テューダーは肩をすくめただけでなにもいわなかった。明らかに彼は反論されることに慣れていなかった。ヴェリティの議論が勢いづいた。

「いずれにせよ、あなたはこの数世紀の間に権力の移行が起きたことを認識していないようです。かりにあなたが絶対王政論者で、しかもこの国の正統の王だと仮定しても、わたしにいわせれば二十世紀の統治者として——失礼ながら——テューダー家の王は最悪としか思えない。テューダー家の人間とスペイン人の結びつきとなると——これはもうまったく考えられません！　メアリーとフェリーペの結婚だけでも始末におえなかった！」

「メアリーはたいそう誤解された女性だった」と、テューダーがそっけなくいった。

「その指摘は的《まと》はずれですよ。当時彼女が誤解されていたとしたら、おそらく今も誤解されるでしょう。その点はあなたも同じですよ」

「どういうことかよくわからんのだが」

「なぜならわたしがこの国の真の支配者だからです——国民の名において権力を揮《ふる》うわたしや

わたしと同じ多くの人間が。われわれ個々の人間に欠点があっても問題にならないのは、この権力のおかげであり、われわれはそこから正しい力を引きだしているのです。あなたはカトリックだから、正式に任命された個々の司祭の人格は重要じゃないことを知っているでしょう。同じように正規の警察官の人格も重要じゃないのですよ」

「それは少なからず冒瀆《ぼうとく》的な考えだ!」と、テューダーが抗議した。

ヴェリティはその言葉を無視した。

「わたし自身は正規の警察官じゃありません。しかしながら、世間に広く知られている警察との協力関係のおかげで、警察官であることの利点に浴《よく》してきました。その結果、少なくともさしあたり、わたしの権力は無限なのです。考えてもごらんなさい! 今わたしが命令すれば、《ザ・チャーター》の女たち全員に、それが必要だと宣言するだけで庭で片足立ちさせることができるんですよ。彼女たちは躊躇《ちゅうちょ》なくそうするでしょう——かつて貴族たちがあなたに対してしたように、彼女たちも進んでわたしの保護に身をゆだねたからです。わたしの命令で片足立ちすることが彼女たちのブーン・ワーク(中世の農奴が領主の依頼で、通常の強制労働のほかに行う特別労働)の形なのです。命令に従うのは、従わなかった場合にどうなるかを知っているからです。命令に従わなければ、わたしは彼女たちを、ここアムネスティで、あるいはほかのどこでもいいが、おたがいなすがままにさせる——そうなると彼女たちはマクスウェルのように射殺されてしまうかもしれません」

「きみは冷酷このうえない人間らしい。こんな話はもう聞きたくないよ!」

「気を悪くなさったのならすみません。しかしこれは事実――ほとんど不愉快なまでに明白な事実なのです。今の時代にテューダー家の王を歓呼して迎えることはまったく無意味です。彼が与えることのできる庇護《ひご》はもはや必要とされていません。スコットランド・ヤードが星法《スター・チェ》院《ンバー》(一四八七年にウェストミンスター宮の「星の間」に開設された刑事裁判所。一六四〇年に廃止)にとってかわったのです――古い留保権を残したままで」

「というと?」

「つまりこういうことですよ。アムネスティの女たちはわたしの賢明な意図を信じているから、わたしが命令すれば理由を告げなくてもコウノトリの真似をする。しかし同じことを庭に出て素っ裸でやれといえば、わたしの意図を見抜いてただちに拒否するでしょう。こういうことは王権の神秘性とは相容《あいい》れないんですよ」

彼らはホテルの前に到着した。ヴェリティ氏はエプソム塩の缶を渡し、礼儀正しく「では失礼」といってなかに入った。

テューダー氏は呆気《あっけ》にとられて入口に立ちつくした。明らかに、はけ口のない怒りで物もいえない様子だった。ようやく口から出た言葉は、反論でもなければ呪詛《じゅそ》でもなかった。

「いいだろう!」と、彼は低い声で独り言をいった。「わたしはきみの役に立つことを知っている――大いに役に立つことをだ。だが、絶対に教えてやらんぞ!」

しかしその声はヴェリティ氏の耳に届かなかった。

老探偵がホールに入りこんだとき、ミス・バートンが先刻の取調べでまだ頰を紅潮させたまま階段をおりてきた。彼はほほえみながら彼女に近づいた。

「ちょっと時間をさいてもらえるとありがたいんだがね、ミス・バートン」

「それが……」彼女はびっくりしたような表情をうかべた。「もうすぐ昼食の時間なのに、テーブルの用意がまだなんです」

「きっとミス・フレイマーも少しぐらいなら大目に見てくれるだろう。とても大事な話なんだよ」

彼は彼女の腕をとり、談話室を通り抜けて庭へ連れだした。ジャクソン警部がまだテーブルに坐っていて、目の前を通りすぎる二人を、驚きながらも心ここにあらずといった表情でみつめた。庭は暑く、陽光に溢れ、野生のハッカの香りが空気中に充満していた。庭の奥の、浜に通じるゲートの近くに、小さな池があった。彼らは池の縁に立って、千切《ちぎ》れ雲が綿毛の編隊のように水面をゆっくり流れてゆくのを見守った。

「まあ、きれい」と、アリスがいった。シルヴァー・フィッシュの群《むれ》が輪を描いて睡《ねむ》そうに泳ぎまわっていた。「まるで木の枝の間をくぐって空を泳いでいるみたいだわ」

「どこまで話してくれるかね？」と、ヴェリティがきいた。

彼女は冷やかに彼と向きあった。

「どこまでですって？　知っていることは全部話しましたわ」

「いや、きみはなにも話していない」と、彼は穏かにいった。「少なくとも重要なことはなにもだ。だから、警官ときびしい訊問の雰囲気からはなれて、きみをここへ連れだしたのだよ。いいかね、わたしはもう少し知る必要がある」

彼女はすばやくヴェリティを一瞥した。

「それじゃ警察はわたしを信じてないんですね？」

「だが疑ってもいない」

「でも、あまりに嘘っぽくて信じられないんでしょう？」

「残念ながらそうだ。きみがウェイトレスだという話と同じくらい嘘っぽい」

「そんなに見えみえですか？」彼女はふいに疲れた元気のない表情になった。それからかすかな怒りをこめて顔をそらした。「話しても無駄ですわ！　あなたがわたしの味方だとしても、どうせ口先だけでしょうから！」

「いいかね、きみ、これは味方かどうかという問題じゃない。わたしは真実を知りたいのだ。きみがあくまで『謎の女』を演じようとするのなら――しかもあまり上手《じょうず》な演技とはいえない――なにが起きても責任は持てないよ。きみは明らかにこの事件と深い関係がある。ランブラー警部はそう思っているし、彼の考えが間違っていることはめったにない」

彼女は無言で彼をみつめた。どちらかといえば硬い表情の顔のなかで、目がいちばん柔和《にゅうわ》だった。ミス・バートンはその気になれば非情にもなれる女らしかった。

「さあ、話してくれ」

「話すことなんかありません」

「マクスウェルのことを話してくれ」

ヴェリティは待った。コオロギたちもいっせいに鳴きやんだようだった。彼はランブラーがひと泳ぎして戻ってくるまでほとんど時間がないことに気がついた——そうなればせっかく築きあげた信頼感も瞬時に失われてしまうだろう。

「いったんはやれると思ったんです。過去から逃げだして、新しい生活を始められると思ったんです」

「古い生活はどんなふうだったのかね？　わたしがきくのは必要なことだけだ」

「たとえばどんなことですか？」

彼女の声には挑戦的な響きがあった。

「きみが疑い深くなるのも無理はない。わたしだって、きみの立場におかれたらおそらくそうなるだろう」

「まるでわたしの逮捕はもう決まっているような口ぶりですね」

ヴェリティは残念そうに彼女を見ていった。「ほぼそれに近いね」

彼がある種の非難を予想していたとしたら、その予想ははずれた。彼女は目をそらして、唇をかすかに震わせ、両手を握りしめながら庭を眺めた。しばらくして、彼は思いきってたずねてみた。

「彼と出会ったとき、きみはどこで働いていたのかね？」

「会社です。わたし——ほんとにばかでした」

「そうだろうとも。でなければ彼はきみに目をつけなかっただろう」

「今になってわかりました」彼女はふたたび彼のほうを向いた。「でもあのころはわからなかったんです。ただわたしを助けたいだけだといわれて——つい信じてしまいました。わたしは……」

「どうしたのかね？」

「父のためにやったんです。父はわたしだけが頼りでしたから。母はとっくに死んでいて、父は全然働きがなく……」

「盗みを働いたのかね？」

彼女はそのあからさまな質問に驚きながらも、うなずいた。

「大金を盗みました。彼の紹介で、彼の友人の会社で働くことになったとき、わたしは言葉ではいい表わせないほど感謝しました。それはとてもよい仕事でした——お給料が週八ポンドももらえたんです。でも、その——『彼の友人』がじつはマクスウェルさんに強いられてやむをえずわたしを雇ったとは知りませんでした。マクスウェルさんはその人の弱みも握っていて――」

「その説明は必要ない。マクスウェルのことはよく知っている」

「彼をご存知だったんですか？」と、彼女がすばやく質問した。

「一度も会ったことはない。写真さえ見たくないね」

「恐ろしい人でした。やることに、なんというか――動機がないんです。なにか遠い昔に起きたことで、わたしたちに復讐しているのではないかと思ったことさえありました」

「きみは彼を――よく知っていたのかね？」

彼がよくという部分を強調すると、彼女はふたたび黙りこんだ。一匹のトンボが体を震わせながら池の水面を横切った。やがて彼女はうなずいた。

「なるほど。どれくらいの間かね？」

「数か月間、テッドと会うまでです」

「テッド？」

「テッド・ウィニッジです。今まで彼ほどすばらしい人には会ったことがありません。あんな親切な人は、どこにも――」

「彼はマクスウェルのことを知っていたのかね？」

「いいえ。こわくて話せなかったんです」

「そんなばかな」

「今となってはわたしもそう思います。でもあのころ――彼はいつもわたしにつきまとって、じっと待っていたんです。やろうとすればなんでもできました。いつでも警察に知らせることができたんですよ。彼はそう脅迫しました――わたしが逃げだしたらすぐに警察に知らせるって！」

「あえて危険を冒すだけの価値はあったんじゃないのかね？」

「テッドに打ちあければよかったと？　そのほうがよかったかもしれません。でもこわかったんです――そうする勇気がなかったんです。だから何か月も隠していました。もちろんテッドには理解できないでしょう――なぜ隠しつづけたのか……とても恐ろしくて……」

ヴェリティ氏は同情をこめて彼女の腕をとった。

「だが、結局は話したんだね？」

「ええ。結局は」

「いつだ？」

「どうにも耐えきれなくなったときです。もう自分はどうなっても構わないという気分でした。それでここへやってきて――」

「アムネスティへ？」

「ええ。彼は今この町に住んでいるんです。わたしはなにもかも告白して――再出発する決心をしてここへやってきました。そしてテッドに会いに行き、すべてを打ちあけました。とてもこわかったけど、思いきってすべてを話したんです」

 ふたたびヴェリティは彼女の小さく晴れやかな顔に、勝利と安堵の表情を認めた。ふたたび彼は不安をおぼえた。「彼女はわたしがこの池に小石を投げこむほど易々《やすやす》と人を殺せる」と、彼は思った。「無理もない。彼女ほどの女が、これだけ追いつめられたら人を殺しても不思議はない」

「彼はどんな反応を示したかね？」と、彼はたずねた。

「もちろん、ひどく憤慨しました」

「きみが金を盗んだことも話したのかね？」

「仕方なく。でも心配はしませんでした。全額返したんですから」

「そしたら？」

「彼はすぐにマクスウェルに会いにロンドンへ行くといいました。もしも行ってたら、その場でマクスウェルを殺していたと思います。結局行かずに手紙だけ書いたはずです」

「逆に、マクスウェルのほうからきみに会いにやってきたというわけだ」

「そうです。わたしは二度と彼に会わないとテッドに約束しました。ここで仕事を見つけて、もうロンドンへ戻るつもりはないとあの男に手紙を書いたんです。どうでも好きなようにしてくれと、そう書いてやりました！」

「その手紙にここのアドレスを書いたんだね？」

「ええ。わざと書いたんです。居場所を彼に知らせたくて。テッドと婚約してここに住んでいることを、もうあの男から解放されたことを知らせたかったんです」

「解放されただって？」ヴェリティの青い目が刺すように彼女を見た。「だから、彼がここに現われたとき、きみは毎日彼の部屋へ食事を運んだとでもいうのかね？」

彼女の顔が赤くなった。

「考える時間が欲しかったんです。彼がひと言いっただけで、わたしのここでの評判は台無しになってしまうんですよ――まして、この町は今やテッドの故郷なんです。彼はここに住みつきたいと思っているし――わたしもここで暮したいと思っているんですよ」

「そこできみは時間をかけて『彼を説得した』というわけだ」

アリスは彼の口調にひそむ皮肉に眉をひそめた。

「つまりきみは彼と話をした。カニンガムが事件の前の晩に、きみが彼と話すのを聞いている。激しくいい争っているようだったそうだ」

「あの男は――嘘をついてるんです！」

「しかしきみは彼の部屋へ行ったんだろう？」

「行きましたよ。ここから出て行って、もうわたしに構わないでくれと、最後のお願いをしに行ったんです」

「彼は承知したかね？」

「いいえ。絶対にわたしを放しはしないといいました——絶対に！」そのときのことを思いだして彼女の目が険しくなった。「そのときほど彼を憎いと思ったことはありません。兇器になるものが手もとにあったら、その場で彼を殺していたでしょう！　きっと殺していたわ！　人に知られたって構うもんですか！」

「だが実際はどうした？」

「ホテルから駆けだしてテッドの家へ行きました。マクスウェルがまた現われて、わたしにつきまとっているといったんです！」

「彼はそれまで知らなかったのかね？」

「ええ。彼が現われてからの四日間のことを残らずテッドに話しました——食事のたびに部屋まで運ばせたことや、そのあと部屋のなかで……」

「そのあとでなにがあったのかね？」

アリス・バートンは目をつむり、拳《こぶし》を握りしめ、全身を硬直させて立っていた。

「わたしは夢中でした——今までになかったほど気が昂《たかぶ》っていました。彼を殺してやりたかった——ええ、あの晩——あの場所で！　テッドはわたしにホテルへ戻れといいました」

「それから？」

しばらく間《ま》があった。熱気のなかで虫がさかんに鳴いていた。茎の細い花は暑さでうなだれていた。じりじり照りつける陽ざしは耐えがたいほどだった。ヴェリティ氏が振りむくと、二階の窓から彼らを見おろしているミス・フレイマーの白い顔が見えた。

「それから？」と、彼はくりかえした。

だがミス・バートンはふたたび自分の立場に気がついて、冷静さを取りもどしていた。

「ばかなことをするなといって」と、彼女は用心深く答えた。「ホテルへ帰らせました」

「本当かね？」

「本当です」

「すると、彼とマクスウェルは顔を合わせなかったんだね？」

「ええ——そのときは」

「それはどういう意味かね？」

彼女はミス・フレイマーの姿に気がついてかすかに身震いした。

「もう行かないと……」

「二人は会ったことがあるのかね？」と、ヴェリティがきびしく問いつめた。

「ええ、でもそのときはテッドは知らなかったんです」

彼らは窓からはなれようとしない女支配人の、悪意にみちたまなざしの下を、ホテルの建物のほうへ戻りはじめた。

「どういうことかよくわからんが」

「つまり、その、マクスウェルは夜外出するときにいつも偽名を使っていたんです。彼は三度タクシーを呼んで海岸の道路をドライヴしました」

「そのことは知っている。しかし、テッドがどうして？」

「彼が運転手でした。この町に二台あるタクシーの一台は彼のものなんです」

「なるほど。だが二人はおたがいを知らなかったんだな？」

「いいえ、マクスウェルのほうはテッドがだれか知っていました。それは間違いありません。彼が好んで外出したいちばんの理由はおそらくそれでしょう。なにも知らないテッドのタクシーの客席に坐って、楽しんでいたんだと思います。彼はそういう人間なんです」

「テッドが知らなかったことは確かなんだね？」

「間違いありません。彼は客がだれだか知らなかったんです――火曜日の夜までは」

「つまりきみが話したわけだな？」

「そうです」

「なるほど」ヴェリティは一歩横にどいて彼女を建物のなかに入れてやりながらいった。「彼は殺人の数時間前まで知らなかったわけだ」

8

彼女はたった今自分がいったことの意味にとつぜん気がついて、急いで振りかえった。

「いいえ！　そんなつもりじゃなかったんです！　テッドはあの晩マクスウェルを乗せていません――本当です！」

談話室ではジャクソンがまだテーブルの前に坐っていた。聖職者風の小柄な紳士がそばに立っていた。

「こちらは牧師さんです」と、ジャクソンがいった。「われわれに話があるそうです」

「そうなんです」と、小柄な男は両手を組みあわせ、貴婦人のメイドのようにお辞儀しながらいった。「残念ながら伺《うかが》うのが遅くなってしまいましたが、なにしろいささか良心の咎めるところがありまして」

「ランブラー警部が戻るまで待ってください」と、ヴェリティはいった。「この暑さのなかで話をくりかえすのはかないませんからな」

彼の青い目が牧師に向かって悪意の火花を散らした。ヴェリティ氏の、今日《こんにち》の英国国教会嫌いは有名だった。国教会の牧師たち――「どうせ彼らに勝ち目はない」――に対しては、侮蔑以外の何物も示さなかった。

牧師はふたたびお辞儀をした。実際は軽く頭をさげただけだが、まるで深々と腰を折っているように見えた。「わたしの名前はロバートソンと申します」と、彼はいった。

「こちらはヴェリティさんです」と、ジャクソンが紹介した。

「おお!」

小男は彼と会えたことを喜んでいるようだった。牧師の笑顔の単調さが探偵を苛立たせた。

「昼食はすみましたか?」と、彼はきいた。

「いえ、じつは、まだです」

「ではご一緒しましょう」彼は後ろで待っていたアリスのほうを振りむいた。「ここに四人分の席を作ってもらえないかね、ミス・バートン。牧師さんが一緒に食事をされる」それからロバートソン師のほうに向きなおった。「三シリング六ペンスは高すぎないでしょうな?」

「高すぎはしませんが、じつは牧師館で充分な食事が待っているんです」

「では料理番に今日は休みをくれておやりなさい。このホテルのシュリンプはこのあたりの海岸でいちばんの味だそうですよ」

牧師は困ったような顔をした。

「これは困りましたな——わたしはシュリンプのアレルギーがあるんですよ」

「ばかな!」ヴェリティは恐れげもなくいった。「アレルギーなんて現代人が個性を主張するときの言いわけのひとつにすぎませんよ！」

さいわい、そのときランブラーが庭から入ってきた。

昼食の席で、ヴェリティはふたたび古い権威の低下に関する持論をくりひろげた——ただし今度は牧師が聞き手だった。ロバートソン師はまるで容疑者のように訊問されている自分に気がついた。

「あなたは教区に多数の信者を持っていますか？」

「残念ながら《アラース》、多くはありません！」と、牧師は「危機《パース》」という言葉と韻を踏んで答えた。

「わたしの教区の信者数はわずかです」

「おそらく昔からずっとそうだったでしょうな。しかし薔薇戦争の時代には、少なくとも信者は今より信心深かったし、教区牧師はもっと影響力があった。その時代に生きたかったとは思いませんか？」

「あなたは忘れておいでですよ」と、牧師はたいへんな勇気をふるっていった。「その時代ならわたしはローマ・カトリックでなくてはならなかったことを」

「それではお気に召しませんか？」

「もちろんです」

「いずれにせよ、当時の民衆はあなたの存在を意識していただろうし——あなた自身も民衆を意識していたでしょう。当時もモラルは現代と同じくらい低かった（あるいは高かった）。違いは当時の民衆が重要な支払いを教会事務室であなたに対して行《おこな》ったのに対して、現代では彼らが重要だと考える唯一の支払いは、ミス・フレイマーに対してホテルの玄関ホールで行うものだけだという点ですよ。あなたにはまことに気の毒ですがね」

「わたしが気の毒ですと?」ロバートソン師は神経質に笑った。

ランブラーとジャクソンは黙々と食べつづけていた。

「気の毒ですとも。昔ならあなたは説教壇から出撃することを期待されていた。説教壇に閉じこめられてはいなかったのです。反キリストの角《つの》をつかんでバビロンへ追いかえすのがあなたの役目のひとつだったのです」

「いやはや、ヴェリティさん――」

「ところが今日《こんにち》では」と、老人は容赦なく言葉を続けた。「イギリス人の家庭は彼の城であるとわれわれは教えられている――しかもこれが、彼にはなんの役にも立たないプライヴァシーを保証するのに充分だと考えられているのです。ひとかどのイギリス人がみな城に住んでいた時代には、こんなばかげたことを主張する人間はどこを捜してもいなかった」

ロバートソン師はほどほどの威厳で態勢を立てなおした。

「どうやらあなたはカトリックのようですね」と、彼はいった。

「全然違いますよ、牧師さん」ヴェリティ氏はシュリンプの最後の一匹を呑みこみながらいった。その声が低くなった。「わたしがあなたの信仰を――あるいは人々の信仰の衰えを理由に、あなたを非難しているなんて思わないでくださいよ。そもそも彼らにはあなたよりも誘惑が多かったんですよ」

ロバートソン師は名状しがたい驚きの表情をうかべた。

「いや——あなたは誤解しておられる。わたしが今いっているのは『内なる光』ではなく、『外なる闇』のことなんです。たしかに『内なる光』は助けになるでしょう——しかしマクスウェルのような人間を相手にするとなると、それでは不充分なのですよ」

「はあ?」

「さきほどわたしは、中世だったらあなたは他者をもっと意識していただろうといいました。この意味がおわかりですか?」

「いや。残念ながらわかりませんな」

ジャクソン警部がにやりと笑った。

「つまり、あなたは闘う人であっただろう——神に仕える人であると同時に人間に仕える人でもあっただろうということですよ、牧師さん。あなたは民衆のために角をはやした反キリストと闘うだけでなく、墓石のまわりに出没する亡霊や煙突の上を飛ぶ魔女とも闘っていたでしょう。あなたはあらゆる場所にいて、あらゆる人間を知っていたでしょう。教条の三叉《みつまた》の戟《ほこ》と懲罰の鞭《むち》を同じくらい巧みに使っていたでしょう。そして人々に乞われれば、村全体に聖水を注いで清めていたでしょう。マクスウェルのような悪人にはとうていチャンスはなかったのです。

彼は石を投げられて教区から追放されるか、縛られてあなたの悪魔祓《ばら》いの儀式を受けていたはずです」

「きみはいまだにあの男は極悪人だったと信じているのかね？」と、ランブラーがいった。

「わたしには理解できない。きみは彼を知りもしなかったじゃないか」

「知らなくて幸《さいわ》いだよ！　わたしは悪魔研究家でしてね、牧師さん。昔悪魔の顔を見たことがあります。それは真黒な顔でした。わたしは生涯かけて多くの彫像を蒐集《しゅうしゅう》してきたが、自分が唯一完全に理解できる彫像だけはまだ手に入れていません。つまり悪についての真理にある程度通じていた古代文明が生んだ作品のことです。ギリシア人は悪を無知と混同するほど愚かだった。ローマ人は悪を義務の不履行《ふりこう》と同一視していた。しかし、切れ味のよくない道具を使って聳《そび》え立つ巨人の石像を彫りあげたアッシリア人は、悪のなんたるかを知っていた。彼らの巨人たちは革の鞭を持っていて、その巨大な手で野獣を鷲づかみにし、それを八つ裂きにしながら恐ろしい目でにらみつけるのです。またフェニキア人はモレク神を建てた悪を知っていて、その神の脚の間でいけにえの赤子を焼き殺したのです」

一瞬話がとぎれた。アリスがコーヒーを運んできた。

「どうしていつも食事のときにそんな話を持ちだすのかね？」と、ランブラーが本気で答を知りたがっているかのように重々しくたずねた。ヴェリティは葉巻をつけただけで、おごそかに沈黙を守った。「さて、牧師さん」と、ランブラーが続けた。「われわれに話したいことがあるそうですね。残念ながらヴェリティさんはまだあまり話すチャンスを与えてない。よかったらそろそろ話してもらえませんか？」

しかしロバートソン師は煙《けむ》に巻かれてしばらく口もきけず、舌をほぐし、ヴェリティ氏のごちゃごちゃした長広舌《ちょうこうぜつ》に対する怒りをしずめるまでに、とくにうまくもまずくもないコーヒーを二杯飲まなくてはならなかった。だが、いざ口を開くと、話は簡潔にして明瞭だった。

殺人があった日の午前五時四十五分ごろ、彼は通りのはずれの広場を見おろす寝室の窓の前に立っていた。ひどく蒸《む》し暑い夜で、ひと晩じゅうほとんど眠れなかった。窓際《ぎわ》に立って外のひんやりした空気を吸っているときに、一台の車が通りを走ってきて郵便局の近くで停まった。外はすでにすっかり明るくなっていたので、牧師は車からおりてきた二人の男の顔を見分けることができた。一人はウィニッジで、もう一人は《ザ・チャーター》の新しい泊り客だった。この人物はあとから人相を聞いた結果マクスウェルだったことがわかった。

「彼らはたいそう大きな声で話していましたが」と、ロバートソン師は勢いこんで続けた。「残念ながら話の内容までは聞きとれませんでした！」

「しかしおそらく、聞きとろうと努力しなかったからではないでしょうな」と、ヴェリティが口をはさんだ。

「彼らは明らかにあの場所をある種の争いのために選んだものと思われます。今にも殴りあいを始めるのではないかと思ったほどでした」

「思ったとはどういう意味ですか？」

「じつは、そのときわたしの妹が、自分の寝室からなにをしているのかと声をかけたのです」

「それで窓の前からはなれたと？」

「ええ、まあ、そういうことです」

「続けてください」

「また窓の前に戻ると、ウィニッジさんがマクスウェルさんを肩にかついでいるところでした」

「その逆じゃなかったんですね？」と、ヴェリティが念を押した。

「間違いありません。ウィニッジさんは彼を助手席に乗せ、続いて自分も乗りこんで走り去ったのです」

「なぜもっと前に知らせてくれなかったんです？」と、ジャクソンがきいた。

「じつは、昨日は町へ行く用事があったのです。殺人があったことを聞いたのは戻ってきてからでした」

「それからどうしました？」

「さっきお話ししたように良心との闘いがありました。つまり――その、ウィニッジさんを警察に引きわたすのは正しいことと思えなかったんですよ」

「どういうことですか？」

「なんといっても、彼はわたしの教区民の一人です。ここにずっと住みつくつもりでいるという話です。一方このマクスウェルという男は――」

「ここではよそ者だった？」と、ランブラーが水を向けた。

「いや、よそ者ではなくて悪魔だった」と、ヴェリティが叫んだ。「えらいぞ、牧師さん！ほんとによくやった！　あなたはいい人だ、聞いてますか？」

「聞いてますよ」と、小男は困惑の表情でいった。「わたしは自分が間違ったことをしていると思ったんです」

「そうですとも」と、ヴェリティがいった。「あなたはジャクソン警部の仕事を千倍も難しくしたんですよ」

「ええ、わかってました。つまるところわたしがここへやってきた理由のひとつはそれなんです」

「それにあなたは情報を隠すことによって罪を犯していた」

「残念ながらそういうことになりましょうな」

「しかもあなたはわれわれの知りたいことをまだ全部は話していません」と、ランブラーがいった。「たとえば、マクスウェルさんはそのとき死んでいたと思いますか？」

「さあ、それはなんとも」

「銃声を聞きましたか？」

「いいえ」

「妹さんは？」

「いや、彼女も聞いていません。妹は最初からあなた方に話すようにいってたんですが――わたしは自信がなかった。だがマチルダはいつも正しい……」

「あなたは無実の人間を絞首台へ送る役割を果していたかもしれない、そのことにお気づきですか？」と、ジャクソンがいった。

「決まり文句だ、いつも決まり文句だ」と、ヴェリティは思った。それから、「葉巻をどうぞ、牧師さん」という言葉で、ふたたびロバートソン師の機嫌をとった。

「いや、結構です。昼間は吸いません」

ヴェリティは憮然として、自分でまた一本つけた。

「しかし」と、ランブラーがなおも粘った。「けがしているようには見えたんでしょう？」

「ええ、おっしゃるとおりです。少なくとも意識がないように見えました。死んでいた可能性は充分にあります……いやはや、まったくわたしはなんてばかだったんだろう……」

「それはもういいですよ。ほかになにか思いだせることは？」

「そういえば、助手席に乗せられたとき、前のめりにフロント・ウィンドウに倒れかかったことをおぼえています」

「ほんとに？」

「ええ、はっきりと」

「よろしい！」と、ヴェリティがあわただしく立ちあがっていった。「銃で撃《う》たれればかならず血が流れる。タクシーを呼ぼう」

ランブラーも立ちあがった。

「電話をかけてくるよ」と、彼はいった。「ありがとう、牧師さん。おかげでとても助かりました。またお会いしましょう。ヴェリティ、きみがホストなんだから、わたしの食事代も頼むよ」

ヴェリティ氏はしぶしぶ客の分を払い、思いなおしてロバートソン師の分も払った。それから小柄な牧師を丁重に送って行った。

「これで国教会に対する義務は果した」と、談話室に戻ってきた彼はジャクソンにいった。

「そうですね、ヴェリティさん」

「ついでにいうと、ウィニッジを逮捕してもまだなんの役にも立たないと思う。それよりランブラーとわたしででかけて行って、予備的な質問をするというのはどうかな？」

「どうぞご随意に」ジャクソンは上機嫌でいった。「わたしはまだ仕事がたくさん残っていますから。ところで、今朝彼女は庭でなにを話したんですか？」

ヴェリティはミス・バートンの話の内容を伝えた。

「われわれが最初に彼女と会ったとき、わたしがきみにいったとおりだったよ、ジャクソン。

彼女なら躊躇《ちゅうちょ》なく殺したかもしれない——崇高な動機でね」

「そうですね」ジャクソンは空《から》のコーヒー・カップをもてあそんだ。「ランブラー警部は共犯説を確信しているんでしょう?」

「もちろんだ。きみは違うのか?」

「たぶん信じていますよ。だってそれしか考えられないでしょう?」

「だったらなぜ躊躇するんだ?」

「べつに。ただ、ちょっと考えていただけです」

「なにを?」

ヴェリティはふたたび散らかったテーブルに腰をおろした。ジャクソンはアリスがデザートの皿とタンブラーをかたづけるまで待ってつけくわえた。

「女支配人のことをですよ」

「ミス・フレイマーか?」

「そうです。過去を持つ女がいるとすれば、彼女こそまさにそれですよ」

「ああいう女はだれでもきみのいう『過去』を持っているさ。それは遠い昔に彼女のなかの女を干《ひ》からびさせてしまったなにかだ。あの鉛色の厚化粧は、失われた女らしさのために、片意地を張って喪《も》に服している証拠だよ」

ジャクソンは目を丸くした。

「わたしがいいたいのは」と、彼はいった。「彼女には犯行のチャンスがあったし、おそらく動機もあったということですよ」

「チャンスがあったのなら動機なんかどうでもいい！　ここじゃ動機はいたるところに転がっている。問題は、マクスウェルを殺したいと思った人間はいくらでもいるのに、殺せた人間が限られていることだよ」

「でも彼女にはチャンスがありましたよ。彼女はマスター・キイを持っていた。つまり先にマクスウェルを殺しておいて、あとからドアに鍵をかけ、何事もなかったような顔で階下に戻ることもできたわけです」

「パクストンが『人殺し！』と叫びながら階段を駆けおりてきたとき、彼女はマクスウェルが死んだことを知っていたというのかね？」

「そうです――いけませんか？」

「そして彼女はマスター・キイを失くしたふりをしただけだと？」

「ええ――あとでカニンガムの椅子の下に置くためにね！」ジャクソンは明らかに自分の推理に満足していた。

「面白い推理だな」ヴェリティは賛成した。「もちろんミス・バートンが衣裳戸棚のなかにいたことを説明できない欠点はあるが」

「ええ、今のところは説明できません。結局共犯説に戻るんじゃないでしょうか」

「わたしもそう思う。もちろん彼女とミス・バートンが手を組んだ可能性もなくはない——が、その可能性は低いな。まして彼女を縛って戸棚に閉じこめるのは、ほとんど意味がないような気がする」

「そういえばあまり意味がないですね」と、ジャクソンが不機嫌にいった。

「そのうえ、縛られたウェイトレスが戸棚に閉じこめられていなかったとしても、まだいくつか問題は残る。たとえば銃にはホテル内のあらゆる容疑者の指紋がついているが——残念ながらミス・フレイマーの指紋だけは検出されていない」

「別の銃があったとも考えられますよ」ジャクソンは自分の推理がいとも容易に論破されたことにむっとしながらいった。

「そうかもしれん」と、老人は同意した。「お望みなら彼女の部屋を捜してみたまえ。しかしめぼしいものが見つかるかどうか。おまけに四五口径の発射されて間《ま》もないリヴォルヴァーが、ほやほやの死体のそばで発見されたとしたら、そのリヴォルヴァーが殺人の兇器と考えるのが順当だろう」

「そうですね」と、ジャクソンは顔を赤くしながら答えた。

「それに彼女が事件を知らされたとき、わたしがホールに居合わせたことも忘れないでくれ。彼女は気を失ったんだよ」

「芝居かもしれませんよ」

「芝居じゃなかったな。明らかにひどいショックを受けていた」

「別の顔にあなたが認めた『勝利の喜びの表情』はなかったんですね？」

「とんでもない！　ただただ驚いていただけだよ。たぶんあとになって心底ほっとしたことだろう——明らかに彼女はなんらかの形で事件にかかわっていたからな」

「パクストンを庇《かば》っていたということですか？」

「そのとおり。そしてパクストンの告白が本当だとしたら——たぶん本当だろう——きみのいう『過去』がなんであるかに賭けてもいいよ」

ランブラーが戻ってきた。

「今ウィニッジと話してきたよ——駅から電話をかけているといってね」

「それで？」

「だめだった。タクシーが故障しているそうだ」

「すばらしい！」ヴェリティが手をこすりあわせながら立ちあがった。

「電話帳には彼の住所がイースト・ベイの二番地と出ている」

「ことキャリントンの中間ですよ」と、ジャクソンがいった。「アムネスティを出てから約三マイルのところです」

「散歩は体にいい」と、ヴェリティがいった。

「暑すぎるよ」と、ランブラー。

「じゃ夕食のときに会おう」

電話が鳴った。ミス・フレイマーが電話に出る声がホールから聞えてきた。

「そうです。少々お待ちを。今お呼びします」彼女はドアから顔をのぞかせて、不機嫌そうにいった。「ヴェリティさん、新聞社からお電話です」

「なに？」

「新聞がコメントを求めています」

「ばかばかしい！ 人の口に戸は立てられないと見える――まったく困ったもんだ！」

「でも、まさか秘密にしておけるとは思っていなかったんでしょう？ もう全国に知れわたっていますわ！」

「そういえば今朝の《ヤードスティック》に記事が出ていたな」と、ランブラーがつけくわえた。

「おそらくでたらめな記事だろう。ジャクソン、きみはコメントを発表していないだろうな？」

「ええ。なにも発表していません。でもなにか話してやるほうがいいと思いますよ」

「煩《わずら》わされたくないんだよ、ジャクソン」

「わかってますよ、ヴェリティさん」

「とてもしつこそうですよ」と、ミス・フレイマーがドアから口をはさんだ。

「ほう、そうかね？　しかしわたしからはなにも聞きだせんよ！　そのばか者はなんという新聞社だ？　《ヤードスティック》かね？」

「聞きとれませんでした。ひどく騒々しいところからかけているようで」

ヴェリティが大股でホールへ出て行った。

「もしもし」

「ヴェリティさん？」

「それがどうした？」

「こちらは《ヤードスティック》です」

「それで？」

「コメントをいただけますか？」

「わたしをだれだと思っているんだ？　坊さんじゃないんだぞ」

「どういうことですか？」

「重要な問題について、自分でもまだわかりもしないうちにコメントをしろというのかね？」

「それで結構……」

「いいか、きみたち新聞記者は本物の麻薬密売人だ！　きみたちこそ衣裳戸棚に閉じこめられ、カーペットに血を流して死ぬべきだよ！　おい、聞いてるのか？」

「それからなにがあったんです？」

ヴェリティ氏は受話器に向かって吼《ほ》えた。

「いいでしょう」と、相手はいった。「これからそっちへだれかを行かせます」

老人は息を切らしながら戻ってきた。

「好奇心！　好奇心！……それが人間の困ったところだ！　今朝郵便局へ行ったときでさえ、通りの窓という窓のカーテンのかげから大きな白い顔がのぞいていた！」

「さあ、でかけるよ」と、ランブラーが冷やかにいった。「顔がのぞこうとのぞくまいと、われわれは今日の午後ウィニッジと会わなくてはならん」

ヴェリティ氏は憤然と鼻を鳴らして、フランス窓からとびだした。ランブラーがゆっくりあとを追った。ジャクソン警部だけがテーブルに残された。彼はまだ有力容疑者としてのミス・フレイマーを諦《あきら》めきれず、彼女が人手を借りずに被害者を殺した方法について考えていた。

灼《や》けつくような午後だった。ヴェリティ氏はふうふういいながら、キャリントンの方角に向かって、急な坂道を歩くというよりは転がりおちて行った。ランブラー警部は唸り声をあげながら滑りおりるように彼のあとを追った。二人はその恰好で物もいわずに歩きつづけ、やがて道路が平坦になるところまできた。ランブラーが友人に追いついて、恨めしそうな目つきで咎めるように彼を見た。

「なあきみ」と、やがて彼はいった。「さっききみがいつもの昼食の演説を始めたとき、わたしはなにをいってるのか全然わからなかった。だがしかし、きみはいつも結局は目的をとげる。そのへんがどうもよくわからないんだよ」

「この事件ではずっと目をつむっていられるなら、むしろそのほうがよさそうな気がする」と、ヴェリティは真顔でいった。「いわば泥水で手を洗うようなもんだ。たとえばこれからウィニッジの話を聞くことにしたって——わたしはすでに彼について多くのことを知っている！　彼を問いつめればもっと多くの話が聞けるだろう。しかもみな痛々しい話ばかりだ」

「どうして彼のことをそんなによく知ってるのかね？」

「今朝きみがひと泳ぎしている間に、彼の恋人と話したんだよ」一時間の間に二度、ヴェリティはアリスの話を順を追ってくりかえした。「きみと一緒にウィニッジの家まで歩いて行こうと考えたのは、このことをきみに話すためだったんだよ。家のなかに入るのはわたしにまかせてくれ」

「いいだろう。お好きなように。ジャクソンを置き去りにしてでかけることに彼が反対しなかったんだから、きみが一人で家のなかに入ることにわたしが反対する理由もないさ」

「そうとも、ポーパス。もちろんジャクソンは二人一緒に家のなかへ入るものと思っているが、なんとなく、入る人間は少ないほどいいような気がするんだ。二人顔を出せばウィニッジは態度を硬化させるだろう」

彼らは海岸ぞいの道にさしかかった。白い砂浜の先で、まるで海自体が錨《いかり》をおろしたように波がうねっていた。

ランブラーが話題を変えた。

「正直いって、わたしは間違っていた。しかし共犯説は依然として正しいと思っている。結局論理的な説明はそれしかないからだ」

「そのとおり」と、ヴェリティがいった。

「とにかく、依然として答は二つだ。ミス・バートンが単独でやったか、共犯者がいたか——ただし今度は共犯者はカニンガムではなくてウィニッジだ。とりあえず牧師の話を検討してみよう」

「それからスウォッバーさんの話もだ」

「だれ？　ああ——隣りの部屋の客だな。よろしい、ウィニッジはマクスウェルを殴って気を失わせただけと仮定しよう。牧師もスウォッバーさんも銃声を聞いたとはいっていないことを思いだしてくれ。マクスウェルが助手席に乗せられてぐったりしていたことも、階段の下で血痕が見つかったことも、早朝スウォッバーさんが呻き声を聞いたことも、みな強烈な一発のパンチで説明できる」

「またしてもきみのいうとおりだ」と、ヴェリティがいった。「それにドクター・ペラムが発見したマクスウェルの顔の打撲傷もそれで説明できる」

「よし、それじゃ打撲傷を負っただけで撃たれていないマクスウェルが、六時半から七時半ごろまで部屋にいたとしよう。その時点で彼はお気に入りのウェイトレスを部屋に呼ぶ。彼女はいやいやながらやってくる――きみに告白したように、だれにも感じたことがないほど強い憎しみを彼に感じながらだ」

「それは前の晩のことだよ」

「夜の間に憎しみがすっかり消えたとは思えんな」と、ランブラーが反論した。

「たしかに――そういわれればそうだ」

「そのときカニンガムの部屋から盗みだしておいた銃を持って行く。結局、カニンガムが事件の朝銃がなくなっていたといったのは本当だったかもしれんな」

「本当だったとしても、銃についていたパクストンの指紋は依然として説明がつかない」

「その説明は難しくないよ。パクストンはたぶんマクスウェルの死体のそばに落ちていた銃を拾いあげたんだろう」

「続けてくれ」

「マクスウェルは、たとえばミス・バートンを抱きしめようとする。彼らは激しく争い、その最中にアリスがマクスウェルを撃つ。だがそれは致命傷とはならず、マクスウェルはよろめきながら逃げまわって、部屋じゅうを血で汚す。やがて彼女が勇気をふるい起こしてもう一度撃つ。今度は即死だ。そのとき彼女は窓の外のバルコニーに人がいるのに気づく。パクストンだ。パクストンが窓から入ってきたので、彼女は急いで衣裳戸棚に隠れる。パクストンはマクスウエルの死体を発見し、彼女がうっかり床に落とした銃を拾いあげ、あわててとびだして行く。そこで彼女が戸棚から出て、彼のあとから急いで部屋を出ようとしたとき、まさにあけようとしたドアの外から別の音が聞える」

「よろしい」と、ヴェリティがいった。「カニンガムの登場だ」

「そうだ。そこで彼女はふたたび戸棚に隠れる。カニンガムは、彼の言葉によれば、マクスウェルを『説得する』ためにやってきて、死体と鉢合わせし、被害者の部屋のドアから出てくるところを人に見られるのを恐れて、窓から逃げだす」

「つまりカニンガムの話をまるごと信じろというのかね？」

「信じない理由はない」

「なるほど」

「さて、彼女はそれからパニックに襲われる。まずドアに駆けよって鍵をかける。つぎに窓に駆けよる——と、下ではカニンガムが警官につかまっている。そこで彼女はあることを思いつく。カニンガムにすべての罪をなすりつけたらどうか？　覆面男の話はやはりとっさの思いつきだろう。それ以外には考えようがない」

「それで？」

「そこで彼女は戸棚に入って自分の脚を縛り、扉を閉ざす。しかし彼女はそこでいくつかの明らかな誤りを犯した。誤りに気がついたとしてももう遅すぎた。そのひとつは銃を床に落としたままにしたことだ」

「最初からそのつもりだったのかもしれんよ」と、ヴェリティがいった。「カニンガムに罪を着せる計画の一環としてね。銃に自分の指紋もついていることをたぶん忘れたんだろう」

「いかにもありそうなことだ。あるいは単に指紋を拭きとるのを忘れただけかもしれない」ランブラーはふうふう息を切らして立ちどまった。「ここらで腰をおろしてひと休みしよう」

二人の太った男は崖っ縁で足を止めて、長い草のなかに危なっかしく腰をおろした。眼下では鮮かな色のトランクスをはいた子供たちが砂浜を走りまわっていた。

「しかし最大の誤りはドアと窓に鍵をかけたことだった」と、間もなくランブラーが言葉を続けた。「もちろん彼女は覆面男の話を思いつく前にそれをやってしまった。彼女にとっては運悪く、その行為自体が犯人によって縛られたのではないという充分な証拠になる」

ヴェリティは数本のタンポポの花をむしりとって、崖の縁から下に落とした。下の子供たちが歓声をあげてそれを受けとめた。

「しかしひとつだけ問題があるぞ、ポーパス」と、彼は子供たちに手を振りながらいった。「ウィニッジがマクスウェルを殴って気絶させたというきみの説を認めるとしよう。その説明はいかにも筋が通っているように見える。しかしあることがその信憑性を裏づけている。覆面男の存在が作り話めいていることも認めよう。

「なんだね、それは?」

「戸棚の鍵が扉のなかにあったことだよ」

「それがどうした？」

「女を一定時間閉じこめておくのが狙いなら、彼女が容易に発見できるように鍵も戸棚のなかに入れる。男は現場から逃げだす時間を稼ぎたかっただけで、女をいつまでも閉じこめておくつもりはなかったんだからね。だとすれば女と一緒に鍵も戸棚のなかに入れるのが自然というものじゃないか。あるいは女があいう作り話を思いついたとしても、そんな細かいところまでは気がまわらないのがふつうじゃないかね？」

「鋭い指摘だが、狂言説を否定するには不充分だ。彼女は頭のいい女だし――」

「少なくともとっさの機転がきく――」

「おまけに作り話に説得力を持たせるために、鍵を戸棚のなかに持ちこむことを忘れなかった」

「それほど細かいところまで気がつく頭のいい女なら――われわれがとうていそこまでは気がまわらないだろうと考えることを予想するほど頭がよかった――あんな明白な誤りを犯すはずがない。ドアに鍵をかけることも、窓に鍵をかけることもしなかったはずだよ。それに銃を使ったあとでそれを隠すか、使う前に手袋をはめるかしていたはずだ」

ヴェリティは立ちあがって友人に手をさしのべた。

「きみは間違ってるよ、ポーパス」と、彼はいった。「きみは間違っている」

「じゃ、二番目の共犯説を検討してみようじゃないか」と、ランブラーがいささかも動揺することなくいった。

「つまり彼女がウィニッジの共犯だという説かね？」

「そうだ」

「その可能性は大だな」と、ヴェリティがいった。「とはいえ、わたしが間違っていなければ、あすこに見えるのがウィニッジの家、イースト・ベイの二番地のようだ」

彼は海に面した、青い破風《はふ》を持つこぎれいな家を指さした。破風の下の窓が陽光を浴びてきらきら輝いていた。

「なかなかいい家だ」と、ヴェリティはいった。「人目につきにくいところが気に入ったよ」

家に接して、大型の車の後部がのぞいている車庫があった。人影は見当らなかった。

「車のどこが故障しているのか、行って見てみよう」と、ランブラーがいった。

「いや、わたしが一人で行く。きみは向うで坐って待っていてくれ」

ランブラーは一瞬むっとした顔で相手を見たが、やがて溜息をついた。

「いいだろう。きみの偵察がすむまであの木の下にいる。日なたは暑すぎてかなわん」彼はモミの大木の木陰めざして歩み去り、ヴェリティは道路を横切って家のほうへ歩き出した。それから、できるだけ音をたてずに車庫に近づいた。

それは七人がゆったり坐れるほど大きな車だった。運転席の反対側の左のドアがあいていた。

石鹸水の入ったバケツが床に置いてあった。ヴェリティ氏は足音を忍ばせて車庫に入りこみ、あいているドアから用心深く車の内部をのぞいた。まぎれもなくシートが濡れていて、洗った直後のようだった。濡れたシート・カヴァーのあちこちに、黒っぽいしみが浮き出ていた。ヴェリティ氏は満足そうにうなずいた。

「なにか?」と、咎めるような声が聞えた。

彼は振りかえった。車庫の入口に三十前後の男が立ってにらみつけていた。白いワイシャツが陽ざしのなかで目に眩《まぶ》しかった。男の肩ごしに、道路の向う側の木陰で昼寝しているランブラーの姿が見えた。

「エドワード・ウィニッジさん?」

「そうだ」

「わたしはヴェリティという者だ」

「知ってるよ」

「ほう!」

「これまであんたがいろんなことに首を突っこむのを見てきたからね。今度はなにを嗅ぎまわっているんだ?」

「血だよ」と、ヴェリティは答えた。「どこか二人で話せる場所はないかね?」

「ぼくはここで充分だ」

「きみさえよければ」

「ただしぼくに、話す気があればの話だが」

「きみが話す気になってくれるのがいちばんだと思うんだがね。きみは人も羨《うらや》むような立場じゃないんだよ」

男が近づいてきた。不恰好な顎と大きな耳の持主だったが、肉体的にはまずまずの魅力があって、醜男というほどではなかった。

「それはどういう意味だ?」

ヴェリティ氏はフランネルのズボンを引きあげて、タクシーのステップにひどく慎重に腰をおろした。

「きみに説明しなきゃならないことがいくつかある」と、彼はいった。「まずきみの婚約者が深刻なトラブルに見舞われている」

「アリスが?」

「喧嘩腰はまったく無意味だよ、ウィニッジ君。そういう態度はわたしには通用しない。きみはわたしを知っているといったな。結構、それじゃわたしがマクスウェル殺しの捜査に関係していることも知っているだろう」

「マクスウェルだって!」ウィニッジは吐き捨てるようにいった。「あんなやつのことでぼくに協力しろというのか?」

「そういうことだ。ただしわたしが好きこのんでこんなことをやっているなんて思わんでくれよ――わずか数時間でも拾い集めたマクスウェルに関する情報だけで、彼の死が多くの人間に少なからぬ恩恵をもたらしたと確信するに充分だった」

「それじゃなぜ捜査なんかするんだ？」

「好奇心だよ、ウィニッジ君。好奇心と仕事が手を結んだのだ。これほど興味をそそる事件には今までぶつかったことがない。いくつもの答が考えられる――しかもそのほとんどはアリスがらみだ。だからこそきみには質問に答えてもらう必要がある。マクスウェル殺しの犯人を絞首台へ送るために、きみに協力を求めているんじゃない――アリスの潔白を証明するために協力してくれと頼んでいるんだよ」

「どう協力するんだ？　アリスがあんたをここへよこしたのか？」

「わたしがいずれここへくることは彼女も知っていたと思う。彼女はいろんなことを話してくれたよ」

ウィニッジは腰をかがめて、ぼろきれで車を磨きはじめた。

「で、どんなことが知りたい？」

「いくつか質問に答えてもらいたい。きみはよくマクスウェルの深夜のドライヴにつきあっていたそうだね？」

「ああ、タクシーに乗せたよ――だが彼とは知らなかった。知ってさえいたら……！」

「たぶん知らないほうがよかっただろう」ヴェリティは相手の大きな手でしぼられたぼろきれから流れ出る汚れた水を眺めながらいった。「彼が殺される前の晩も乗せたかね？」

ウィニッジはかすかに躊躇《ちゅうちょ》したあとで答えた。

「乗せたよ。午前四時ごろに電話があった」

「そんな時間の電話に抗議しなかったのかね？」

「いつもはそんなに遅い時間じゃなかったし――数ポンドの稼ぎになったからね。それにあの晩は、ぼくはもう知っていたんだ」

「マクスウェルがこの町へやってきて、アリスにつきまとっていることを、彼女から聞いたということかね？」

「そうだよ。マクスウェルに呼ばれる前に彼女から聞いて知っていた。で、四時半ごろ彼を迎えに行った」

「そのときだれかに見られたか？」

「いや、見られていないと思う。もちろん、うるさい音をたてないように注意したし、おそらく町の人間はほとんど眠っていたんじゃないかな」

「もっともだ。続けてくれ」

「彼を乗せて一時間ほど走りまわったよ。彼は客席に坐って、ぼくに運転させて走りまわるのを楽しんでいたと思う。ひと言も話しかけなかったが、ずっと観察されているような気がした。

ぼくは車を走らせつづけた──その間必死になって自分を抑えようとしていたように思う。ややがてぼくは車を停めた。そしてすべてを知っていることを彼に話した」

「どこで？」

「アムネスティ広場でだ──ハイ・ストリートのはずれの」

「間違いないね？」

「もちろんだ。ぼくは彼を車からおろした。彼は震えあがって、一瞬もぼくから目をはなさなかったよ。荷物をまとめて始発列車で町から出て行けといってやった。彼はその場に突っ立ってぼくを見ていた──それから笑った。はっきりおぼえている、あいつは笑ったんだよ……まるで女みたいに！」

「それからどうした？」

「思いっきり殴ってやったさ。彼は倒れて泥よけの角《かど》に顔をぶっつけた。頬がぱっくり割れて、顔じゅう血だらけになったよ。口のなかからも血が出ていたな」

「それできみはどうした？」

「彼は気を失っていた。抱き起こして助手席に乗せ、ホテルへ連れて行ったよ。肩にかついで二階の部屋まで運びあげなきゃならなかった」

「そのときだれかに見られたかね？」と、ヴェリティは相手の顔を注意深く観察しながらたずねた。ウィニッジが牧師に見られたのと同じように、牧師もウィニッジの目に留まった可能性がある。

「だれにも見られなかった」と、ウィニッジは断言した。「いや、ちょっと待てよ！ そういえばホールにだれかいたな。階段の下で立ちどまって、そいつと言葉をかわしたのをおぼえている」

「ほう。それはだれかね？」

「ホテルに泊っている風変りな男だ。二度ほど駅まで乗せて行ったことがある」

「きみが気を失った人間を肩にかついで話しているのを、その男は妙だと思わなかったのかな？」

「それが、今もいったように、彼自身変った人間だから、そのことにはあまり関心を示さなかった。むしろ予想していたんじゃないかな――陰謀がどうのこうのといってたから」

「ほんとかね？　きみはその男の名前を知ってるのか？」

「テューダー。たしかリチャード・テューダーだ。ここらじゃだれ知らぬ者のない変人だよ。自分がイギリス国王だと思いこんでいるという話だ。だけど無害な男だよ」

「きみは彼になにを話したのかね？」

「本当のことを話したさ」ウィニッジは平然としていった。「マクスウェルと喧嘩したことを。そのときやつが意識を取りもどしてわめきだした――だから二階へ運びあげなきゃならなかった」

「それから？」

「ベッドに寝かせて、部屋から出たよ」

「アリスとは会ったのか？」

「いや会わなかった。しばらく歩きまわってから家へ帰ったよ。マクスウェルが死んだという話を初めて聞いたのは、昼飯を食いに《ふいご亭《ベローズ》》へ行ったときだった。誓ってこれが真実だ」

「わたしもそう思う」

「なんだって？」

「わたしもそれが真実だと思うといったんだよ——そのことにかぎってはね。ただ、きみの口からそれを聞きたかった」

「ちょっと……よくわからないんだが」

「きみはわからなくていい。最後にアリスと会ったのはいつかね？」

「ゆうべだ」と、ようやく彼は答えた。「彼女が無事かどうか心配で。部屋に近づいて窓に小石を投げたら彼女がおりてきた。それから二人で庭へ出たんだ」

「なるほど。それじゃ彼女がひどく厄介な立場に置かれていることを知っているはずだ」

「厄介な立場？　そんなことは知らんね。彼女の話はぼくにとってはなんの問題もない」

「当然のことながらそれはひいき目というものだ」ヴェリティは微笑をうかべたが、ウィニッジの目は怒りに燃えていた。

「つまりあんたは彼女の話を信じていないということか?」

「今のところ事実が信じることを許さないとでもいおうかね?」

「もうたくさんだ! アリスの話は真実そのものだよ——どれほど妙な話に聞えるとしても!」

「彼女はゆうべきみにすべてを話したらしいな」

「ああ、そのとおり。なにもかも話したよ」

「それとも、その前の晩にきみが彼女にすべてを話したのかな?」

「なんだって?」ヴィニッジの声はしわがれ、手が震えていた。「いったいなにがいいたいんだ?……ぼくの話を信じないのか?……だったらあの変人のテューダーにきいてみるがいい……」

「きみの話には彼よりもましな証人がいるよ」と、ヴェリティは立ちあがって、丹念に埃《ほこり》を払いながらいった。「アムネスティ広場でのきみの暴力行為については、ロバートソン牧師が証言している」

ヴェリティをみつめるヴィニッジの顔に汗がにじんだ。ヴェリティは彼の横を通りすぎたところで立ちどまった。

「わたしを甘く見るなよ」と、彼は静かな口調でいった。「じゃ、これで失敬《しっけい》する。きみの話ならどんなことでも関心がある——たとえきみの婚約者の口から語られた話でもだ」

9

埃《ほこり》っぽい道を横切り、草地を越えてモミの木にいたるまで、靴の爪先で蹴って、眠っているランブラーを起こし、手を引っぱって立ちあがらせるまで、ヴェリティ氏はずっとウィニッジの怒りにみちた視線が自分に向けられるのを感じていた。

「無罪かね？」と、ランブラーが睡《ねむ》そうな声でたずねた。

「どうひいき目に見ても潔白とはいえんな。この若い恋人たちの正義感にもとづく憎しみの容量たるや、じつに驚くべきものだ——感心せずにはいられない。彼がマクスウェルを殴ったことを話したときの表情ときたら——たった今サラディンを串刺しにした十字軍戦士のそれを思わせるものがあったよ」

「じゃ、やっぱり彼はマクスウェルを殴ったんだな？」

「そうだ。顔に打撲傷があったのも、ホールの床に血痕がついていたのもそのせいだ。牧師の話もそれで説明がつく」

ヴェリティはウィニッジの話をそっくり再現した。話が終ると、ランブラーがうれしそうな顔でうなずいた。

「結構。きみもここに到着する直前に検討しようとしていたわたしのもうひとつの説に傾いてきたようだな」

「二人の共犯説かね？　そうだ。論理的にはそうならざるをえない」

「ただしカニンガムをウィニッジに置きかえる――」

「その続きはティー・ショップでやろう」と、ヴェリティが額《ひたい》の汗を拭いながらいった。

彼らは足どりを速めてアムネスティの町に入った。

《提灯亭《ランターン》》は狭くて息苦しい店で、所狭しと置かれた小さな丸テーブルに、ウェイトレスが揃いの黄色いチェックのテーブル・クロスを敷き、そのうえに塩と胡椒《こしょう》、壜入りのオイルとヴィネガー、エッグ・カップ入りのマスタード、《アザミ亭、モアコーム》というネーム入りのぴかぴかの皿などを並べていた。

「こういう行きすぎた倹約ぶりは興《きょう》ざめだな」と、ヴェリティがいった。「オークションで買った陶器ほどがっかりするものはない。きみはなににする？」

二人ともお茶のセットを注文した。値段は二シリングで、中心をなすのは、レタスをこぎれいにはさんだ小さな三角形のサンドイッチだった。窓ごしに、夕方まで閉店している《ふいご亭》のドアが見えた。

「まったくばかげてる！」ヴェリティが憤然としていった。「夕方に酒を必要とする人間なんて、せいぜいひとにぎりの年とった漁師たちぐらいのものだ。午後のアルコールこそまともな人間にとって掛値《かけね》なしの良薬だよ」

ランブラーはなにもいわずに、ケーキの皿からお好みのものを選びはじめた。

「おまけに、わたしはあのパブがあきしだい行ってみたいと思っている。ウィニッジは殺人の話を初めて聞いたとき、あの店にいたといってるんだ」

「たぶんな」と、ランブラーがいった。

「彼がそのニュースにどんな反応を示したかを知りたい。ひとにぎりの年とった漁師たちは、その種のことを驚くほど正確に観察しているものだよ」

拡声器から『チョコレートの兵隊』(オスカール・シュトラウスのオペレッタ)の数曲が低く流れてきた。二人の探偵は葉巻に火をつけ、間もなくもうもうたる煙に包まれてほとんど姿が見えなくなった。《提灯亭》は見た目も感じもまるでトルコ風呂のようになり、かたづけにきたウェイトレスが呟きこんだ。

「ウィニッジをカニンガムに置きかえる話だよ」と、ヴェリティが促《うなが》した。

「そうだった。いいか、まずわれわれがやらなければならないのは、アリスの共犯者を見つけることだ。理にかなった答はそれしかない」

「それで?」

「手もとにある証拠を検討してみよう。アリスはドアと窓に鍵をかけたが、さっききみが挙げた理由で、彼女一人の考えでやったこととはとうてい思えない」

「同感だ。細かいところまで気のつく人間が、大きなことでそんなへまをしでかすとは思えない」

「自分だけの考えで行動した場合はだ。しかしこの事件に共犯者がいたと考えればすべては納得がいく」

「わたしもそう思うよ」

「マクスウェルの部屋で、前もって準備されたなんらかの計画が実行されたことは明白だ。そしてその計画が失敗したこともまた明白だ。ゆうべ食事の席でドクター・ペラムが指摘したように、犯罪者が、われわれが日常生活でしでかすような失敗をするということはおよそ考えられない。ではなぜこの計画が失敗したのか？　その答はこうだ。計画がきちんとマスターされていなかったからさ」

「その計画を思いついたのはウィニッジだというのかね？」

「そのとおり。ウィニッジが考えだし、アリスが実行した。ここで彼の話に目を向けてみたまえ――おそらくそれは一点だけを除いてすべて本当だろう。つまり、彼は広場でマクスウェルの顎を殴ったのではなく、銃で撃《う》ったのかもしれないという点だ」

「テューダーがホールで彼と会ったことを忘れていやしないかね？　ウィニッジによれば、彼らが話をしているときにマクスウェルが意識を取りもどしたそうだよ」

「わたしは銃で撃たれたといったんだ――殺されたとはいっていない。ウィニッジは最初の一発が単にマクスウェルにけがをさせただけなのに気がついて、もう一度彼を撃った。銃には明らかに消音装置がついていた――牧師も牧師の妹も、あるいはスウォッバーさんもパクストンさんも、銃声を聞いていないのはそのせいだよ。消音装置は、あとで海に捨てればよかった」

「たしかに、隣りの部屋でだれかが倒れる音がして、やがて静かになったというスウォッバーさんの話も、それならつじつまが合う。それまでは呻き声が聞えていたそうだからね」

「そうそう、思いだしたよ！」ランブラーはうれしそうに手をこすりあわせながらいった。「続けようか？」

「いいとも。ただ、正直いってひとつ腑《ふ》に落ちないことがある。背中を撃たれたら大量に出血するんじゃないかな？　ところが階段の下には少量の血痕しか見当らなかった」

「かならずしも大量に出血するというものでもないさ」ランブラーは葉巻の煙のなかで二つ目のエクレアに手をのばした。「しかし、その点はきみのテューダー氏がはっきりさせてくれるだろう」

「彼がまだわたしと口をきいてくれるならだ。それにしても玄関ホールは相当暗かったはずだが」

「それはそうだが、テューダー氏はなにか興味深いことを話してくれるかもしれんよ。とにかく、先へ進もう。ウィニッジはマクスウェルに止《とど》めを刺したあと、こっそりアリスの部屋へ行って指示を与える。スウォッバーさんが、ドアがしまってから車が走りだすまで十五分の間《ま》があったといってたことを思いだしてくれ。それにウィニッジ自身、家へ帰る前に少し歩きまわったといっている。その間になにをしたと彼はいったかね？」

「考えごとだ」と、ヴェリティが答えた。

「そうだろうとも——大急ぎで考えたに違いない。おそらくアリスからカニンガムの銃のことを聞いていた——それを思いだして考えはじめたんだ。彼は自分にとって状況がきわめて不利なことを知っていたわけだろう？」

「そうかな？」

「テューダーに見られたことは別にしても、アリスから手を引けと警告した手紙をマクスウェルが持っているかもしれないことを知っていた。明らかに彼はその手紙を見つけだそうとした——われらが貴重な証言者スウォッバー氏が、マクスウェルの部屋でだれかが騒々しく動きまわる音を聞いたと証言したのを、きみもおぼえているだろう。あの部屋のひどい散らかりようは、少なくとも一部は彼が夢中で引っかきまわした結果だな」

「その推理は筋が通っている」

「いいかね、ホテルに滞在中のほかの人間も自分に劣らずマクスウェルと深くかかわっていることを、彼は知るよしもなかった」

「カニンガムが銃を持ってやってきたことを聞いたとき、少なくともカニンガムはマクスウェルとかかわりがあることを察したに違いないよ」

「わたしもそう思う。それで彼はある計画を思いついた」

「アリスにいってカニンガムの銃を盗ませ、死体のそばに置かせた？」

「そのとおり。彼女はカニンガムが眠っている間に銃を盗んだに違いない。あまり時間がなかったからね」

「大したもんだ！」

「たしかに勇気がいる」

「彼女にはその勇気がある」と、ヴェリティがいった。

「そう、勇気があるし、やらなくてはならなかったことをやるためには、その勇気が必要だった。衣裳戸棚に隠れるというのはウィニッジの思いつきだったと考えていいだろう。彼は戸棚のなかで足を縛るように彼女にいい、おそらく疑われずにすむような縛り方も教えただろう。その目的はいたって明快、カニンガムの銃が死体のそばから発見されるだけでは不充分だったからだ。そうとも——カニンガムを犯行現場で見たと、ミス・バートンが証言するほうがずっと確実だ」

「カニンガムの声を聞いたときに初めて、現場にいたのは彼だと彼女にいわせたのは、なかなか巧妙なやり方だったたな」

「そう、まことに巧妙だった。あれなら彼に罪を着せようと前もって計画していたようには見えない」

「じつに面白い！」ヴェリティはランブラーを指一本の差で負かして、最後に残ったジャム・タルトをせしめた。「ミス・バートンは死体のそばの衣裳戸棚に入って、一人の男がマクスウェルを殺すのを見たと証言する準備をしている。と、とつぜんその男がドアから入ってくる」

「いや、その前にまずパクストンだ。続いてカニンガムが現われる」

「すまん、パクストンを忘れていた。あの朝マクスウェルの部屋は人の出入りが激しかった」

「まったくだ。彼女は大いにあわてたに違いない。だからこそ二番目の訪問者のあとで、彼女はドアと窓の両方に鍵をかけた。パニックに襲われると、こうした女の共犯者は例外なしにどたん場で取り乱してしまうらしい。彼女がドアと窓をほったらかしてさえいたら！」

「そして銃から自分の指紋を拭い消してさえいたら！」

「そう、どんな言い訳も許されない。じつにばかげた行為だった」

「わたしは許すよ」と、ヴェリティがいった。「おかげできみは殺人事件を解決できるじゃないか」

「施《ほどこ》しは好かん。これは施しそのものじゃないか」と、ランブラーは不機嫌にいった。「この計画は最初から最後まで失敗だった。計画そのものは悪くなかったさ。しかし不幸にしてウィニッジは計画の実行を、自分がなにをしているかよくわかっていない人間に頼らざるをえなかった」

「わたしはそうは思わんね」

「いずれにしろ、計画の細部をすべて記憶しておく能力はなかった。だから鍵を持って戸棚に入ることは忘れなかったのに、ピストルと窓の鍵という二つのひどいミスをしでかした。計画は部分的には正しく実行されたが、大部分はあわてたために救いようのない失敗に終ったんだよ」

「この事件は愉快なほどギリシア的だな」と、しばらく間《ま》をおいてヴェリティがいった。「われわれはプラトンのいう物質世界の概念を、理想的なオリジナルの不完全なコピーという比喩を用いることで、なんとか理解することができる。プラトンと同じように、われわれは理想的な計画を、その失敗に終ったコピーの歪みを通して見てきたわけだ」

「しかしプラトンには」と、ランブラーが腰をあげながらいった。「彼の歪んでいない計画の存在を歪んだ形で証明してくれる全世界があった。われわれには小さなホテルの部屋がひとつあるだけだ。まことに残念ながらわれわれは多くのことを推測するしかない」

依然として葉巻の煙にむせながら、ウェイトレスが勘定書を持ってきた。二人して十一個のケーキを平らげていた。

彼らは《提灯亭》の出口で別れた。《ふいご亭》がちょうど店をあけたところで、喉を涸《か》らした町の人間が一人二人、早くも入口に向かいつつあった。ランブラー警部は彼らと一緒に喉の渇きをいやしながら、マクスウェルの死を知ったときのテッド・ウィニッジの反応を探りだすために、《ふいご亭》に入った。一方ヴェリティ氏はゆったりした足どりで《ザ・チャーター》へ戻って行った。

ジャクソンが庭の池のそばで遅めのお茶を飲んでいた。庭のホテルに近い側では、上のほうの階に泊っている数人の老婦人たちが、寄り集まって小さなキャンヴァス・チェアに腰をおろし、ひそひそ声で話しあっていた。リンゴの木の下ではレインチャート大佐が断続的に鼾《いびき》をかき、その後ろの花が咲き乱れた花壇のなかでは、大佐の仔犬が花粉を吸って苦しそうにくしゃみをしていた。

「うまそうだな！」ヴェリティはジャクソンの隣りに腰をおろし、スイス・ロールをちらちら見ながらいった。「わたしもお相伴《しょうばん》にあずかろう！」デッキ・チェアが彼の尻の下で危険なほど膨らんだ。

「収穫はありましたか？」と、ジャクソンがきいた。

「事件はあらかた解決したよ」

ヴェリティは二度目のお茶を飲みながら、ウィニッジの家の車庫に入りこんだところから、さきほどランブラーと別れるまでの、午後の出来事を順序立てて話した。

「すると彼は共犯説をとっているんですね？」

「証拠を積み重ねてゆくとどうしてもそうなる」

「そうでしょうね」と、ジャクソンがゆっくりいった。「わたしもそう思います」

彼は暑さでいささかぼうっとしたらしく、あいかわらず水面に映《うつ》った木の枝の間を泳ぎまわるシルヴァー・フィッシュを眺めていた。

「こちらではなにか新しいことがあったかね？」

「新聞記者の大群がロンドンから押しよせてきて、あなたに会わせろと要求しただけです。事件のことをある程度話して、写真を何枚か撮《と》らせました。それぐらいはしてやらないとおさまりがつきません」

「野次馬どもが！」老人の目にふたたび戦いの光が燃えあがった。「わたしがここにいればよかった！　そしたら目に物見せて……」

「それからもう一度パクストンさんの話を聞きました」

「銃の指紋のことをかね？」

「そうです。窓から入りこんだあとの行動を残らず話してもらいました。彼は自分がなにをしているかろくに考えもせずに、好奇心から銃を拾いあげたと白状しました。もちろんその意味に気がつくと同時に急いで捨てた。少なくとも彼はそういっています」

「彼を信じるかね？」

　ジャクソンは懇願するように相手の顔を見た。

「信じるに足ると思いませんか？」

「まあな。それに信じることは安易でもなんでもない。パクストンはわたしの容疑者リストではははるか下位に位置している。この事件の犯人には共犯者がいた。常にそのことを頭においておく必要がある」

「ええ。わたしの見るかぎりパクストンは白です」

「ではこれで失礼」と、ヴェリティがいった。「三十分ほどしたら《ふいご亭》でまた会おう。さしあたりテューダーさんに会うことが急務だ」

「テューダーさんに？」ジャクソンはわけがわからずにぽかんとしていた。

「そうだ。たしかに気は進まないが、ほかになにができる？　なんといっても、彼は水曜日の早朝マクスウェルの顎に打撲傷があったか、それとも背中を銃で撃たれていたかを、われわれに教えることができるかもしれない人物だ。そのへんをちゃんと見ていたということも充分に考えられるからな」

「ええ、しかし――」

警部のいつもは穏かな顔に驚きあわてたような表情がうかんだ。ヴェリティはそれを見逃さなかった。

「どうした？」彼はデッキ・チェアから腰をあげてまっすぐ立ちながら、ぶっきらぼうにたずねた。「これは決まりきった手順だぞ」

「わかってますよ、しかし、じつは、ヴェリティさん――彼は行方不明なんですよ！」

「彼が――なんだって？」

「今日の午後彼に電話が何本かあったんですが、どこにも姿が見えないんです。もちろんわたしはあまり気にしていなかったんですが、こうなると――」

「今や彼は最重要証人だ。いや、不可欠の証人だよ！」

「わかってますよ。こんなことになるとは想像もしませんでした」

「わたしもだ。彼の姿を最後に見かけたのはいつかね？」

「ミス・フレイマーは昼食のときにはいなかったといってます。どうやらわれわれが今朝ここで彼を見たのが最後のようですよ」

「わたしはそのあとで彼と会っている。郵便局まで一緒に往復したんだよ。だがそれからどこへ行ってしまったのかな？　消えてしまうはずはないんだが」

「しかし、どこにも見当らないということは、消えてしまったも同じことですよ」と、ジャクソンも立ちあがりながらいった。

「いや、そんなことはない！」と、ヴェリティは語気鋭くいった。明らかに平静さを失っていた。「消えてしまう人間にはかならず悲劇がつきまとう。『どこにも見当らない』人間とはそこが大違いだ。後者は決まって無事でいて、どこかで写真を現像したりオルガンを弾《ひ》いたりしているものだ。テューダーさんならその両方ともやりかねない」

「そうですね」と、ジャクソンは疑わしそうにいった。「たぶん何事もなかったように夕食に現われますよ」

「何事も起こるはずがない！」ヴェリティはそう確信しているというよりは固執するように叫

んだ。「どこかで上機嫌で系図でも調べているに決まってる！」

庭の反対側から、好奇心と不安の入りまじったざわめきが聞えてきた。ヴェリティ氏は声を和《やわ》らげた。

「そうだといいんだが」といいのこして、彼はホテルに入って行った。

談話室に入りこんだところで躊躇《ちゅうちょ》した。屋内の涼しさは外の熱気と比べればまるで天国で、緑色のヴェルヴェットの肘掛椅子に腰をおろして、夕食前に何冊かの《スフィア》に目を通したい誘惑に駆られた。だが、いかに快適でも、のんびり坐ってはいられなかった。頭が混乱したような落ちつかない気分で、今自分に必要なのは暗い部屋で時間をかけてじっくり考えることだと、ぼんやり意識していた。談話室からホールへ、続いて外の通りへ出た。通りに人影はなく、夏の夕方の豊かな光のなかで美しく輝いていた。ふたたびホテルに戻ったが、ホールは無人で、ミス・フレイマーの姿も見当らなかった。談話室で腰をおろしたとたんに、レインチャート大佐が仔犬を抱いて庭から入ってきた。

「ちょっとうかがいますが」と、ヴェリティが声をかけた。「テューダーさんを見かけませんでしたか？」

大佐が吠《ほ》え、犬も吠えた。

「テューダーさんだと？……だれもがテューダーさんのことをきく！　まるでわしが彼を見かけたはずだとでもいうように！　彼が誘拐されたとしても驚かんね！　全然驚かんよ！」

大佐はぎくしゃくした足どりで通りすぎて姿を消した。ヴェリティ氏は溜息をつきながら《スフィア》に手をのばした。黄海から浮上して船べりをよじのぼる、メイン＝アリソンという不運な潜水家の写真が目に留まった。写真の下には、「いいかね、タコは人間の友達なんだよ」というメイン＝アリソン氏の言葉が引用されていた。

外では虫が倦《う》むことなく鳴いていた。ヴェリティ氏はあくびをひとつして雑誌を手放した。このもつれにもつれた事件を解く鍵が、どこかさほど遠くないところにあるという考えが、ますます重苦しくのしかかっていた。ランブラーの推理は論理的に正しかった。あらゆることが、それこそ唯一の答であることを示していた。だが、それはあまりに巧妙すぎてどこかしっくりこなかった。アリスとテッドは単純な人間だった。彼らだったら単純な方法で人を殺すだろう。彼らの犯す犯罪はどれもみな――彼らなら何度でも人を殺せる――激情に駆られた一本気《いっぽんぎ》なものになるだろう。二人とも犯行を巧妙な欺瞞《ぎまん》で覆いかくすだけの知恵も意欲もおそらく持ちあわせていない。とはいうものの、なんらかの計画が採用されたことは明白であり、二人とも単純な人間だから、計画の細部がメモに残された――少なくとも彼女の手で――可能性はあった。もしかするとアリスの寝室になにかが、小さな紙きれのようなものが残されている可能性が……

ヴェリティ氏はすぐに立ちあがって、すばやく周囲に視線を走らせ、足音を忍ばせながら急いで階段を登った。踊り場を通りすぎるとき、廊下に人影はなく、廊下に面した客室のドアのなかからは、年とった宿泊客の几帳面《きちょうめん》な手がティー・カップを静かに受皿に戻す音や、夕食におりる前にトイレの水を流す音などが、かろうじて聞きとれた。メイドたちの部屋は最上階にあり、アリスの部屋は——マシューズの話では——いちばん奥の右側だった。そこを支配しているのは全《まった》き静寂で、聞えるのは階段登りの重労働に起因する彼自身の激しい心臓の鼓動だけだった。明らかにメイドたちはすでに身支度をすませ、夕食のテーブルの準備のために部屋をあとにしていた。にもかかわらず、老人は彼女の部屋の前で数分間立ちどまって耳を澄ましてから、ドアをノックした。幸い応答はなかった。ところがいざ部屋のなかに入りこむと、なにか役に立つ発見があるに違いないという奇妙な確信は消えうせてしまった。その狭く、みすぼらしい部屋の中央に、ひどくばかなことをしているような気分で立ちつくした。もちろん、紙に書いた計画や実行上の要点メモは、とっくに処分されてしまったに違いない……

とつぜん閃《ひらめ》いた直感に従《したが》って枕の下をのぞいた。もちろんそこにはなにもなかった。つぎに窓際《ぎわ》に近づいて、庭を、薄れゆく光のなかのリンゴの木を見おろした。ウィニッジ自身の告白によれば、ゆうべ彼はこの窓の下に立って小石を投げたのだった（おそらくそのときだれかに見られたと思ったのだろう。でなければ自分から告白するはずがない）。アリスは部屋着姿で一段一段、震えながらあの階段をおりて行った。そして庭で彼と会って、起きたことをすべて話した。二人は暗く暑い夜の庭でパニックに駆られていたに違いない！……この恋人たちはいったいどんなことを話しあったのだろうか？

「なにもかも処分しろ」と、彼は小声でいったに違いない。「今すぐにだ」

そしてもちろん、彼女はいわれたとおりにした。だからこの部屋でなにかを捜しても無意味だった。ヴェリティは窓際からはなれて、化粧だんすのいちばん上のひきだしをあけた。白粉《おしろい》の匂いがした。ストッキング、ハンカチ、無数のヘアピン。ひきだしのなかをゆっくりかきまわした。リボン……襟……ショール……スペアの帽子——帽子だろうか？ それは正方形の黒いシルクの布地で、大きな穴が二つあいていた。それを注意深く手に取って顔に当て、ひびの入った鏡に映《うつ》った自分の顔を面白そうに眺めた。生まれて初めて、彼の顎ひげが完全に調和して見えた。しかしそれをいうなら、ヴェリティ氏が覆面をした自分を見るのも、これが初めてだった。

10

「これで完全に明白になった」と、ランブラーが重々しくいった。「彼女はこの覆面をカニンガムの部屋にこっそり置いておくか、彼の部屋で見つけたというつもりだったんだよ」

夜の九時三十分だった。彼らは昼食のときと同じように、ほかの宿泊客からはなれて談話室で夕食をとっていた。《ふいご亭》の常連がウィニッジの話を裏づけたことを除けば、事態に新たな進展はなかった。

アリスがコーヒーを運んできた。ヴェリティは彼女の自分を見る視線がいつになく鋭いと思った。彼らは口をつぐんで、彼女がコーヒーを注ぎおわるまで居心地悪そうに待った。

「それからテューダーがいる」と、ドアがしまると同時にランブラーが続けた。「いったい彼の身になにが起きたのか？」

「わかりません」と、ジャクソンが真剣な表情でいった。「いずれにしてもいいことじゃないでしょう」

「とにかく、彼を見つけださなくては！　今すぐにだ！」

「手配はしておきました。さしあたりほかにできることはないですね」

ランブラーが唸《うな》った。

「どうも気に入らんな。人がそんなふうに行方不明になるというのはおかしいよ――とくに彼のような重要証人の場合は」

「だれかを疑っているんですか？」

「ウィニッジだ」と、ランブラーが短く答えた。

「きみは忘れているようだが」と、ヴェリティ氏がいった。「ウィニッジ自身がテューダーさんと会ったことをわたしに話したんだよ。自分からいいだす必要はなかったのに」

「ついうっかり口を滑らしたのかもしれん。あるいはなにか魂胆《こんたん》があってきみに話したということも考えられる」

「しかし彼には時間がなかったはずです」と、ジャクソンがいった。「ヴェリティさんは昼食の直前にテューダーさんと別れて、昼食のすぐあとにウィニッジと会っているんですよ」

「ウィニッジがなにをしたかがわかるまでは」と、ランブラーが咎めるようにいった。「その時間があったかどうか断定はできないだろう」

「ごもっとも」ジャクソンはどんな軽い叱責《しっせき》に対してもいつもそうするように、顔をあからめながら答えた。

「おまけに、彼には共犯者がいたことを忘れていやしないかね？」

「いや！」ヴェリティがむきになって反論した。「それはありえない！　彼女はそんなことをする女じゃないよ！」

「わたしはだれかがなにかをしたと非難してるわけじゃない」と、ランブラーが冷静にいった。「ただ彼には共犯者がいたといっただけだ。二人がかりなら、テューダーを始末するのはいとも簡単だろう——少なくとも今のところは始末されたとしか思えない」

「たしかに。テューダーさんが目撃したことを証言すれば、彼らの安全が脅かされるわけだ……ああ、考えただけでもぞっとする！」

「まったくだ」

「それじゃ話題を変えよう。今日はまったく忙しい一日だった」

ジャクソンがうなずいた。

「捜査を始めてからわずか二日しかたっていないとはとても思えませんよ」

「スピードが常にヴェリティのスローガンだった」と、ランブラーがいった。

「そして綿密さがポーパスのスローガンだった」と、ヴェリティが答えた。

ミス・フレイマーが夕刊を持ってやってきた。彼女はひどく腹を立てていた。

「これを見てください！」と、テーブルの上で新聞を激しく振りまわした。「面目丸つぶれですわ！」

「そうかね？」ヴェリティが興奮していった。「どれどれ、見せてくれ！」

彼は新聞を広げて見出しを読みあげた。

「衣裳戸棚の女の謎！　すばらしい見出しだ。新聞記者というやつはじつにうまい文句を考えるもんだな！」

ジャクソンは唖然とした。

「うちのホテルはもうおしまいですわ」と、ミス・フレイマーが苦々しげにいった。「二度と立ちなおれません！」

「ばかな。これで一躍《いちやく》有名になる。ホテルの格が上がったことがわからんのかね？　この事件が起きるまでは、せいぜい薄汚い離婚裁判で名前が出たぐらいだったが、今度はあんた自身や、ホテルの快適な立地条件や、申し分のない料理や、魅力的な滞在客たちの記事が出るだろう……わたしが保証するよ、ミス・フレイマー、わたしが事件にかかわったところはたちまち有名になって末永く繁盛する。たとえばマルセイユの下宿屋で三人のトルコ人紳士が喉を切られるという事件があった。その《若い黒人娘《ラ・ジュヌ・ネグレス》》という宿屋が、あの港町で一夜をすごさねばならない好事家《こうずか》たちのメッカになったのは、ひとえにわたしがあの事件の捜査にかかわったおかげだよ」

ミス・フレイマーが眉を逆立《さかだ》てた。「まさかそんな――」

「ちょっと、待ちなさい！……これをごらん！」彼はふたたび新聞に顔を突っこんだ。「『ランブラーとヴェリティ、ふたたび手を組む！』……ふたたび手を組むか！　『本日午後、老練な探偵二人は、この町で、犯人と疑われる人々の取調べを大車輪で行《おこな》った……捜査の指揮をとるジャクソン警部は、《二人の有名人と一緒に仕事ができることをたいへん誇りに思う》と語った。これはこれは、ジャクソン！」

ジャクソンは真赤になってカーペットに視線を落とした。

「『世間の人々にとって、ミセス・エルジー・カラザーズとレイディ・エニッド・ワッツのセンセーショナルな離婚裁判と深く結びついている《ザ・チャーター・オヴ・アムネスティ》は……』」

「テューダー氏は戻ったかね？」と、ランブラーが急いできいた。

「いいえ、まだです！　それからついでにいっておきますけど」――彼女の目が危険な火花を散らした――「ヴェリティさん、ホテルの仕事が忙しいときにウェイトレスを散歩に連れだすのはよしていただきたいのですが」

「もしかして」と、ヴェリティが新聞から顔をあげていった。「あんたは自分を散歩に連れだしてもらいたいんじゃないのかね？」

「まあ、なんて失礼な！」

「そういう散歩は得るところが大だと思うんだがね」

「他人に殺人の罪を着せようとすることを」と、ランブラーがつけくわえた。「警察はよくは思わんよ」

ミス・フレイマーは一歩さがって、驚きの目で二人を見た。

「なんのことかわかりませんわ」

「マスター・キイについていたのはあんたの指紋だけだった」と、ヴェリティがいった。

「あんたはほかのだれの指紋をわれわれに発見させたかったのかね?」と、ランブラーが質問した。

「ミス・フレイマーに誘導訊問をするのはどんなものかな?」

「カニンガムの指紋じゃないのかね?」

「いいえ」と、ミス・フレイマーが叫んだ。「違います……あれは間違いでした」

「そうだろうとも」

「悪意はなかったんです。誓ってそんなつもりでは!……」

「いや、悪意はあったはずだよ、ミス・フレイマー」

「自分のしていることがわかっていなかったんです!」彼女はテニス・マッチの熱心な観客のように、倦《う》むことなく首を左右に動かして二人の顔を交互に見た。「信じてください! わたしは気がつかなかったんです……」

「わたしの記憶では」と、ランブラーが静かな口調でいった。「あんたはパクストン氏を庇《かば》うためにいくつか下手《へた》な細工をした。今それらをいちいちかぞえあげる必要はないが——この町の犯罪者の間では下手な細工が大流行と見える」

「犯罪者ですって!」

「そう、犯罪者だ。あんたのように警察をミスリードしようとする細工は、わたしにいわせれば犯罪そのものだよ」

「それに、警察に対して嘘をつくこともだ」と、ヴェリティがいった。「わたしはパクストンさんとマクスウェルさんの出会いがとてもなごやかなものだった、というあんたの言葉をはっきりおぼえている――が、実際はそんななごやかなものであったはずがない」

「そして、なによりもまず、あんたは故マクスウェルをホテルの客としてだけでなく知っていたことを否定した。これは、わたしにいわせれば、真赤な嘘だ」

ミス・フレイマーは数回口を開いてはなにかいいかけたが、やがて腰をおろした二人の探偵の間に立ったまま泣きだしてしまった。大粒の涙が溢れ、厚化粧の顔に糸を引きながら流れおちた。

「悪意はなかったんです」と、彼女はいいつづけた。

「われわれはあんたの過去の、いや現在のパクストンさんとの関係にさえ関心がない」と、ヴェリティがそっけなくいった。「少なくとも今のところは。何年も前にパクストンさんがあんたの――なんというか、苦境を救ってやったことは知っている。そのために彼は弁護士の職を失った。おそらくあんたは彼のために危険を冒すことが自分の義務だと考えた」ミス・フレイマーはふたたびばかみたいに口をぱくぱくさせた。「彼があんたのためにしたことは誤れる親切心から出たものだった――ちょうどそれと同じように、あんたが彼のためにしたことは誤れる義務感から出たものだ。それは警察の捜査に要《い》らざる障害を投げかけ、見当違いの努力で時間を無駄にさせることになった。だから、二度とそんなことをしないよう、厳重に警告する」

「わたしは——わたしは——決して……」

「さもないとあんたは刑務所に入ることになる」と、ランブラーがつけくわえた。「まったくいい迷惑だよ！」

「なんですって？……」

「もう行っていいぞ」

「顔の白粉を少し落としなさい。やってしまったことでも少なくとも一部は取りかえしがつく！」

ミス・フレイマーは自分の行為に対する後悔の念と警察の行為に対する憤《いきどお》りの間で引きさかれながら、しばらく心を決めかねてテーブルのそばに立っていた。だが、やがて身を震わせながら部屋から出て行った。廊下へ出たあとも啜《すす》り泣きが聞えていた。

「もっと早く気がつくべきだったよ」と、ヴェリティがしみじみといった。「彼女が玄関ホールで失神したのは、マクスウェルのことを考えたからではなく、パクストンが彼を殺したのかもしれないと考えたからだったことに」

「ですけど」と、ジャクソンが感心していった。「昨日あなたが、彼女はパクストンの昔の依頼人だとおっしゃったのは当っていましたよ」

ヴェリティは微笑をうかべた。

「なに、わかりきったことさ」

「しかし、たいそう大胆な着眼でしたよ」

「さて、ミス・バートンに話を戻そう」と、ランブラーがいった。「この覆面の発見は、かなり不利な証拠になるな」

「たしかに彼女の容疑は深まりますね」

「不思議だな！」と、ヴェリティが立ちあがって葉巻をつけながらいった。「わたしは逆に彼女の容疑がこれで薄れると考えていたところだよ」

「なんですって！」

「驚くのも無理はない。たしかにこの覆面ほど厄介なものにはこれまでお目にかかったことがないと思う。だが、さっきもいったように、今日はひどく忙しい一日だった。仕事はこのへんで切りあげるとしよう」彼はあいているフランス窓のほうへゆっくりと歩いて行った。「ミス・フレイマーをかたづけられてよかったよ」

「少なくとも今夜のところはね」と、ジャクソンがいった。

「おや！……すると、きみはまだ彼女を疑っているのか？　たしかにかわいげのない女性ではあるが」

「それ以上さ」と、ランブラーがいった。「どこへ行くんだ？」

「家へ帰る。帰って彫像たちとご対面だ。小さな胸像の分類がまだ終っていない。よかったら手伝ってくれ――わたしは浜を通って帰るよ」

「よかろう」

ランブラーは立ちあがって大きな足音をたてながら友のあとを追った。

「おやすみ、ジャクソン」と、ヴェリティがいった。「明日の朝またな」

「おやすみなさい」

「わたしがきみだったらすぐにベッドに入るよ」

「そうします」

夕方のかすかな光が薄れていき、彼らを呑みこんだ。

《ペルセポリス》では、ドクター・ペラムが彼らの帰りを待っていた。居間の高いスツールに腰かけて、小首をかしげ、鼻眼鏡をろうそくの火できらめかせている姿は、一羽のオウム――冗談をいうときにきらりと光る金歯を入れたオウムのように見えた。

「事件の話ならお断わりだよ」と、ヴェリティがいった。「話したかったらポーパスとしてくれ。わたしは庭へ出るから」

「いや」と、ランブラーがいった。「わ、わ、わたしが庭へ出る。失礼するよ、ドクター」

彼は巨体を傾けて一礼し、奥のドアから出て行った。

「驚くべき男だ！」ペラムは感嘆の目で彼を見送りながらいった。「彼は休むことを知らんようだ」

「事件がかたづくまではね。しかし残念ながら今夜中にはかたづかんだろうな」

「ほう？　なぜかね？」

「彼はジグソー・パズルのピースを一個忘れているからだよ」

「きみのいう心理的要素のことかね？」

「いや、もっとありふれたことだよ。しかし、明日ちょっと驚かしてやるつもりなので、今は話したくない」

彼は二つのグラスにポートを注いで、ひとつを医者に渡してから、どすんと腰をおろした。彫像たちが台座の上から冷やかな無関心とともに見おろしていた。

「われわれの牧師と話をしたそうだね」と、ペラムがいった。「彼をひどく混乱させたようだな」

「これはまた異《い》なことを！　そんなつもりはなかった。その前にテューダーさんに話したのと同じことを話しただけだよ——ところで、牧師は行方不明になっていないだろうね？」

ドクター・ペラムはぽかんとした。

「いや、わたしの知るかぎりでは。どんな話で彼を混乱させたのかね？」

「なに、古い権威が新しい権威にとってかわられつつある——というよりもむしろ消滅しつつある、といったようなことだよ」

「もちろん彼の気にさわったのは『消滅』のほうに決まっている。それは聖職者連中が好んで口にする嘆き節だからね」

「そのとおり。だからわたしは牧師を混乱させたといわれて驚いているんだ。テューダーさんのほうが牧師よりもっとこたえたと思うよ。わたしは彼に、人民の要求がわたしをこの国の権力者に仕立てあげたといったからね」

「おそらくその考えは正しい」と、しばらくペラムは小首をかしげながらいった。「その点ではわれわれ医者のほうがずっと運がいい。われわれは常に支配力を揮《ふる》っているからね」

「少なくとも一部の医者はそうだろう。ただしきみ自身が権力を揮うには、アムネスティは空気がよすぎるという話だよ」

「残念ながらそのとおりだよ。とはいうものの、これでも健康な人間にとって必要欠くべからざる存在として、なんとかやっている。たとえば老ミセス・トレッチャーがいい例だ」

「ミセス・トレッチャー？」

「この町に住む初老のご婦人だよ。彼女は怠惰《たいだ》であること以外にどこも悪いところはない。二か月間ベッドに横になったままで、チョコレートを食べ、アメリカの雑誌を読むほかはまったくなにもしなかった。実際、わたしの往診を求めるという過《あやま》ちを犯すまでは、その生活を大いに楽しんでいたんだよ」

「なぜ往診を求めたのかね？」

「自分の怠惰を正当化するためには、医者を呼ぶ必要《ド・リグール》があったからだよ。だがわたしは、呼ばれたからにはあくまで自分の流儀を通した。なにしろこっちは医者なんだから――彼女は自分ではそのことをチェックもしなかった――彼女に対してどんな侮辱を加えることも、不便を強《し》いることもできたわけだ」

「実際にそうしたのかね？」

「したとも。まずチョコレートを禁じた。それから彼女がいつも寄りかかっていた枕をすべて取りあげた。そうなると雑誌を読むためには鉄枠にじかに寄りかからなくてはならない。だが彼女は完全にわたしのいいなりだったので、そうまでされても反抗できなかった」

「驚くべきことだ！」

「まったくだよ。しばらくしてわたしは、読書が新陳代謝を妨《さまた》げているから、それをやめなくてはならないといいわたした。このときはちょっと抵抗したが――もちろん折れたよ」

「それからどうした？」

「なにもせずにただベッドに横になっていた。どんなに説得しても、自分から起きあがらせることはできなかった。結局、刺絡《しらく》針で刺さなきゃならなかったよ」

「なんだって？」

「お尻をね。そして安心させるために、彼女が訴えていた体の不調にラテン語の病名をつけてやった――昔の牧師なら、体内から快楽の悪魔ウォルプタスを追いだすのだといっただろう。それと同じことをやったわけだよ。結局彼女はベッドに寝ていられなくなった。つまり寝ることが物理的に不可能になったのさ」

「なるほど」と、ヴェリティ氏はうなずいた。「あんたの権威が確固たるものであることを認めないわけにいかんな。それは侮辱によっても揺《ゆる》がない」

彼は暗闇のなかランブラーの葉巻の火が赤く輝いている庭に目を向けた。

「マクスウェルの権威もそれに似ていた」と、医者がいった。「彼の権威は侮辱を養分にしていたといってもよいだろう」

「そうだな。わたしはゆうベシチリア人の庭師の話をした――若くて活気があって自由、そういうものを破壊することに楽しみを見いだしていた男の話だ。わたしがいっているのは鈍感さということじゃない――鈍感さというのはだれもが共有することによって単なる欠点になりさがってしまった一種の犯罪だ。そのシチリア人の庭師は逆にあまりにも敏感すぎた。彼が叩きこわしたものは、その美しさで彼を辱《はずか》しめたんだよ。おそらくマクスウェルも彼と同類なのだろう――つまり他人の健全さと慈悲心に辱しめられた人間なんだよ。パクストンさんが昔罪を犯したのは友達を救うため、ミス・バートンの場合は父親を救うためだったことをおぼえているだろう」

「同感だね。ああいう人間は病原菌を感染させる。パクストンさんもミス・バートンも、彼が邪魔をしなかったら容易に立ちなおっていたはずだ」

「そして今は二人とも殺人の容疑をかけられている」

「彼はわれわれに対する恐るべき警告だよ」と、ペラムはグラスを干《ほ》しながらいった。「われわれには権力がある——しかしいつまでそれを持ちつづけることが許されるのかと、ときどき思うことがある」

「テューダーさんは今朝わたしに、権力は常に少数の人間によって多数に対して揮《ふる》われなければならないと断言したよ」

「そうかもしれんが、最後の手段として、多数派がそれをとり消すこともできる」

「あるいは多数派の名において、より高い権力によってとり消されることもありうる」

「なんだって?」

「わたしの海神像にまつわる言いつたえの話をしよう」

彼はゆっくり立ちあがって、背後の不気味な石の頭像に片手を置いた。

「見たまえ。これはエーゲ海のミネルヴァ像だ。大昔この像はギリシアの小村の浜辺に打ちあげられた。よく見たまえ、かつて彼女の権威を疑う者は一人もいなかった」彼はろうそくを手に取って台座に近づけた。老いたる女の粗《あら》けずりな顔が、うつろな目で二人を見かえした。額《ひたい》の上で髪の毛が、眠っている黒い蛇の群《むれ》のようにからまりあっていた。鼻筋はいまだにまっすぐで美しい形を残していたが、口は——なめらかな、丸い一個の穴と化して——ほぼ完全に磨滅していた。

「村人たちはみな彼女を崇拝していた。彼女はあらゆる不幸に際して彼らの導き手だった。人はだれでも危機に直面すると、この像のところへ行って口と口をぴったり合わせ、彼女の頭脳から知恵を吸いとった。もちろん、時がたつにつれて口はしだいにすりへっていき、やがて今あんたが目の前に見ているように、好奇心に駆られた無数の情熱的なキスによって原形をとどめぬただの穴と化してしまった。その結果、口が人々の唇によってそれ以上摩耗《まもう》するのを防ぐために、彼女の知恵を借りることを許されるのは司祭たちだけと定められた。

「人々は命令に従《したが》おうとせず、村の長老たちは、それが最善の道であると村人たちを説得するのに苦労した。しかしながら、結局村人たちは同意した。ところが、言いつたえによれば、海の女神はこの命令に腹を立てて、以後愚者たちのキスを禁じた賢者たちに、彼女の知恵を授《さず》けることをやめてしまったのだそうだ」

金曜の朝もまだ暑さが居坐《いすわ》っていた。草の露《つゆ》が朝日に輝き、空には雲ひとつなかった。ランブラー氏とヴェリティ氏が、密猟者の匂いを嗅ぎつけたマスティフ犬のように勢いこんで、《ペルセポリス》からの道を足音高くくだってきた。町はずれで一人の男が近づいてきて、ためらいがちに行く手をさえぎった。エドワード・ウィニッジだった。

「ちょっと話があるんですが、いいですか？」と、彼はいった。

「いいとも」ヴェリティは相手の目に、やつれた、寝不足気味の表情を見てとった。「どんな話かね?」

「昨日のことです。このことを話すために三十分待っていました」

「昨日のどんなことかね?」

「昨日のぼくの態度がよくなかったことは認めます。警察がきたんであわててしまったし……ほかにもいろいろあって……神経がぴりぴりしていたんですよ……」

「これは謝罪なのか、それとももっと興味深いなにかなのか?」

「じつは、ゆうべアリスが電話をかけてきて、あなたがとても親切だった——彼女を助けようとしていただけだといったんです」

彼は目を伏せてじっと地面をみつめた。いかにも居心地悪そうなのは、感謝の気持をうまく伝えられないからなのか、罪をうまく隠せないからなのか、ヴェリティにはどちらとも判断しかねた。

「それはどうも」

「いえ、こちらこそ」

「きみ」と、ランブラーがきびしい口調でいった。「立場上いっておくが、ミス・バートンは重大な嫌疑をかけられているんだぞ」

「しかし彼女の言い分を信じてくれたんでしょう?」

「いや、信じてはおらん。同様にきみの言い分もだ」

男の顔がぶりかえした怒りで青ざめた。

「ぼくがヴェリティさんに話したことは真実です。嘘も隠しもありません！……彼はぼくを信じるといってくれました」

「わたしも大部分は真実だと思うよ」と、ランブラーがいった。

「ヴェリティさんはぼくの話を裏づける証人がいるといったんです！」

「牧師かね？　そう、彼はきみの話を部分的に裏づける証言をしている。わたしが信じているのはその部分だよ」

「しかし——まさかぼくがマクスウェルを殺したとは思っちゃいないでしょう？」

「その考えが浮かんだことは事実だ」と、ヴェリティがいった。「ところできみの友達のテューダーは今朝どうしてるね？」

「テューダー？……どういうことですか？」ウィニッジが口ごもった。

「彼もきみの話を裏づけてくれるんじゃないのかね？」

「そうだ！　もちろんです！……彼ならできるはずだ！」

「六時三十分ごろには、玄関ホールはまだ相当暗かったに違いない」と、ランブラーが顎を撫でながら割りこんだ。「そんな状況では、マクスウェルがどこにけがをしていたか、胸か背中か顎かを見分けるのは難しい」

「テューダーは見たんですよ！　わからないんですか、マクスウェルは動いたんですよ！」

「きみがそういってるだけだよ」と、ランブラーがいった。

「しかしテューダーなら――」

「それはもういい」と、ヴェリティが苛立った口調でいった。「テューダーさんからなにも聞けないことはきみも知ってるはずだ」

「なんですって？」

「きみも聞いてるだろう！　噂は町じゅうに拡がっている。《ふいご亭》もその話でもちきりのはずだ」

「聞いてないですよ。彼は死んだんですか？」

「その可能性は充分にある」

　ヴィニッジは前日の午後、ヴェリティにアリスの共犯の役割を果した可能性を指摘されたときと同じくらい青ざめた。

「誓ってぼくはなにも聞いていない……」

「それが」と、ヴェリティがいった。「さしあたり最も重要なことだ――少なくともきみにとっては」

「しかも今この瞬間、彼が姿を現わしたとしても」と、ランブラーがつけたした。「きみは窮地を脱するどころか、非常に危険な立場にいる。われわれは、きみがマクスウェル氏を部屋に運びあげたあと、彼をどうしたかということにも深い関心を持っているからだ。われわれは午前六時半ごろ隣室の客が聞いた騒ぎを、階段できみとテューダーさんの間にあったことと同じくらい重要視している」

「ぼくは――ぼくは――」

「このへんで失礼するよ、ウィニッジ君」と、ヴェリティがきっぱりいった。

二人は茫然として陽ざしのなかに立ちつくす若者をあとに残して、ふたたびホテルのほうへ歩きだした。マクスウェルの隣室の客（注意深いスウォッバー氏）の存在は、テッド・ウィニッジにとっては明らかに大きなショックだった。

「とはいうものの、彼が昨日の無愛想な態度を詫《わ》びたのは上出来だった」と、ひと呼吸おいてヴェリティがいった。「わたしはあの男が気に入っている」

「わたしもだ」と、ランブラーが本音を吐いた。「残念だよ――まったく残念だ」

「わからんな。なにがそんなに残念なのかね？」

「二人にとって、状況は真黒なことをきみも認めざるをえないだろう」

「ところがまさにその逆だね。謎めいたいい方ですまんが、ゆうべもいったように、わたしはむしろ彼らの容疑は薄れたと見ているんだよ」

「テューダーが行方不明になってもかね？」

「テューダーはこの事件にはほぼ無関係だろうと、前にジャクソンにいったことがある。今でもそう信じているよ」

「彼はいかにも問題を起こしそうなタイプだと思うがね」

「いや、彼は常日頃《つねひごろ》、大きな問題を起こすほど世間からまともに相手にされないことに、慣れっこになっている。彼は自分だけの世界に生きていて、そこでは彼だけの大事件が毎日のように起きているからだ。たかが脅迫者が射殺された程度のささいな事件など、彼にとってはどうでもいいことだよ」

ランブラーはなにもいわなかった。

「それに、わたしは一分前にウィニッジを観察していた。彼はわれわれが信じないので本気で怒っていたよ」

「もちろん怒っていたさ」

「しかし、頭が狂ってでもいないかぎり、身におぼえのある人間なら当然われわれに疑われることを予想するんじゃないかね?」

「一分前に」と、ランブラーが逆襲した。「テューダーさんは頭が狂っているからいつも人に疑われて当然だ、という意味のことをきみはいったじゃないか」

「おいおい! 今は揚足《あげあし》とりをしている場合じゃないよ、ポーパス」

「わたしはただきみのいうことを理解しようとしているだけさ」

「いいかね。ウィニッジは腹を立てていた——本気で腹を立てていた。しかしあれは途方に暮れた怒りだった。われわれに信じてもらえないので怒り狂っていた。われわれがなぜすべて信じてくれないのか理解できなかったんだよ」

「それできみは」と、ランブラーが真剣にきいた。「真実を語っているのに信じてもらえない男と、嘘をついているのに信じてもらえない男の違いを、どうやって見分けるつもりかね？」

「彼の表情は正直な人間のそれだ。わたしの前で正直を装《よそお》うとしてもそうは問屋が卸《おろ》さんよ」

「おそらく」と、ランブラーは皮肉たっぷりにいった。「きみはギリシアの石像にもそれと同じ表情を見たことがあるんだろう」

「いや」と、ヴェリティは答えた。「それを見た場所はイタリアだし、素材はカラーラの大理石だったよ」

彼らは一緒に《ザ・チャーター》に入った。ジャクソンがマシューズ巡査部長と一緒にテーブルにいた。

「おはよう」と、ヴェリティがいった。「すぐにカニンガムと会いたい。重要な話がある」

マシューズがカニンガムを呼びに行った。

「なんのためかね？」と、ランブラーがきいた。

「まあ待ちたまえ。もうすぐ出来の悪い帽子から最後で最大のウサギを取りだしてみせる」

ランブラーが不満そうに唸《うな》った。「テューダーについてなにかわかったことは？」

「ありません」と、ジャクソンが答えた。「もちろん手配書は回してあります。あとはじっと待つしか手がありません」

「むむ」

「彼は逃げだしたんだと思いますか？　だとしたらずいぶんゆっくりでしたね」

「むむ」

「自分が見たことの重大さに、ずっとあとになって気がついたのかもしれませんね」

「それよりも牧師と同じように警察を恐れていただけだろう」と、ヴェリティがいった。「その理由は、早朝にウィニッジと会ったことを警察に届け出なかったからだよ」

「この町じゃ証言を控えることが流行していると見える」と、ランブラーが鋭い口調でいった。

ドアがあいて、マシューズがカニンガムを連れてきた。

「おはよう」と、ヴェリティが愛想よくいった。「かけたまえ」

カニンガム氏は三人にすばやくうなずいて、いつもの籐《とう》の小型ソファに腰をおろした。ランブラーはヴェリティからこの朝一本目の葉巻を受けとって、テーブルのジャクソンと同じ側にさがった。マシューズはさらに少しはなれた場所から無表情に見守っていた。発言はヴェリティ一人にゆだねられた。

「あんたに再度ご足労願ったのは」と、しばらくして彼はいった。「二、三質問したいことがあったからだ」

「どうぞ」

「カニンガムさん、マクスウェル氏を殺したのはだれだと思うかね？」

カニンガムは驚いて顔をあげた。ヴェリティは彼の髪とひげが最初の取調べのときよりさらに乱れていることに気がついた。目も光を失って焦点が定まらなかった。

「なんだって？」

「だれがマクスウェルを殺したのかときいたんだよ」

「いったいこれは……あんたの友達とのかけあいがまだ続いているのかね？」彼は焦点の定まらない目をランブラーに向けた。「わたしが知っているわけがないじゃないか」

「泣き言はよしたまえ」と、ヴェリティがきめつけた。「そんなことをしても無駄だよ。では推測を試みるとしようか」

「推測？」

「犯人のだよ。パクストンをどう思うかね？」

「知ったことか」

「方針変更ときたか。それも悪くないな」

「どういう意味だ？」

「二日前、この部屋で、あんたはパクストンがマクスウェルを殺した――ミス・フレイマーと手を組んで――と断言したじゃないか」

「あのときは気が動転していて——自分がなにをいってるかわからなかったんだ」

「はっきり声に出していっておきながら、自分がなにをいったか、わからなかったというのかね？　それこそ本心がのぞいた証拠だよ」

「わたしは神経質になっていた……責任は持てない」カニンガムはしだいに興奮した口調になった。

「ではパクストンがミス・フレイマーと手を組んで殺したのではないとすれば、ミス・フレイマー単独ではどうかね？」

「ミス・フレイマーが？」

最初から彼女を疑っていたジャクソンが、坐りなおして鉛筆を削りはじめた。

「彼女が犯人である可能性は低い、と思わんかね？」と、ヴェリティがきいた。「つまり、われわれが発見した銃に彼女の指紋がついていなかったことを考えればだ。同様にパクストンが殺して、自分で警察を呼んだ可能性も低い」

「いったいなにがいいたいんだ？……あんたのことはわかってるよ、ヴェリティ——わたしが犯人だと、遠まわしにいってるんだろう、違うかね？」

「そうかな？　つぎはミス・バートンをどう思うかきこうとしていたんだが」

「あのウェイトレスを？……そうこなくっちゃ！」彼は興奮で目を輝かせながらヴェリティの顔を注視した。「あんたも見たように、あの女はわたしが覆面していたという話をでっちあげて、わたしに罪を着せようとした……しかもいいかい、わたしは事件の前夜彼女がマクスウェルといい争っているのを聞いたんだよ」

「わたしはゆうべ黒いシルクの覆面を発見した――ミス・バートンの部屋のひきだしから、といったらどうかね？」

しばし間《ま》があった。やがてカニンガムが初めて微笑をうかべた。

「それみろ、やっぱり！……明白そのものじゃないか！」

「わたしはそうは思わんね」と、ヴェリティがいった。

「彼女はそれを使ってわたしに罪をなすりつけようとしていたんだ！　わからないのか？　食堂でわたしの椅子の下に鍵を落としておいたのが彼女だとしても不思議はないね」

「興味深い仮説だな」

「そう思うだろう？　つまり彼女は、容易に――」

「カニンガムさん」と、ヴェリティは冷やかにさえぎった。「あんたはなぜミス・バートンの部屋に覆面を置いたのかね？」

「なんだって？……わたしが置いた？……」

「そうだ」

「ちょっと待ってくれ！……そんなばかな！」

彼は憤然として立ちあがった。ヴェリティはじっと坐ったままだった。

「水曜の夜」と、彼はゆっくりいった。「わたしの指示で、マシューズ巡査部長がミス・バートンの部屋を隅々まで捜した。彼女が部屋へ戻ることを許される前にだ」

「なんてこった！　それを忘れていたよ」と、ランブラーが叫び、興奮して立ちあがった。

「まったくうっかりもいいところだ」

ヴェリティが詫びるようにマシューズのほうを向いた。

「すまんな、巡査部長、しかしこれは重要なことなんだ。ジャクソン警部にはすでに話してある——彼はわたしが全責任を負うことを知っているよ」

「構わんよ」と、急いでジャクソンがいった。「きみはよくやったよ」

「そう、彼はよくやった」と、ヴェリティも立ちあがって、カニンガムを見おろしながらいった。「じつによくやった！　マシューズが彼女の部屋から、彼女あてのマクスウェルの手紙を見つけたとき、わたしは結果が手段を正当化すると考えた。しかしこれはまた別の話だ。このことがなにを意味するかわかっているだろうね、カニンガムさん？……つまりひきだしに覆面を入れたのは、アリス・バートン自身ではないということだよ」

「彼女がずっと自分で持っていたかもしれないじゃないか！」

「彼女は身体検査をされた——あんたと同じようにね」

「どこかに隠しておいたのかもしれない！」

「それはあんたの場合も可能だった！　だが、いいかね、カニンガムさん」——ヴェリティは相手の汗のふきだした顔を射《い》すくめるように見た――「よく聞きたまえ。もしもアリス・バートンがあんたに罪を着せるために覆面を作ったとしたら、だれでも簡単に見つけられる上段のひきだしのいちばん上に入れておくだろうか？　どうだね？　そういう不注意は命取りになるんだよ、カニンガムさん……だからそんな目立つ場所に覆面を置いておくのは、それが発見されることを望む人間だけだ。あんた以上にそれを望む人間がほかにいるかね？」

「わたしが？……なぜわたしが？……なんでそんなことをしなきゃならないんだ？」

「われわれがほっといてもすでに信じるほうに傾いていたこと、すなわちミス・バートンがあんたに罪を着せるために作り話をでっちあげたと、われわれに思わせるためだよ。あれやこれや考えあわせると、結局あまり賢い思いつきではなかったが」

「嘘だ！」と、カニンガムはしゃがれ声で叫んだ。「わたしを罠にかけようとしてるんだ！　パクストンが覆面を持ちこんだとも考えられる！」

「パクストンは覆面のことを知りもしなかった！」と、ランブラーが前に進み出て、訊問に加わりながら叫んだ。

「それじゃミス・フレイマーが――」

「ミス・フレイマーも知らなかった――」

「嘘だ！　二人とも新聞を読んでいる！」

「あんたは嘘をつくのが下手《へた》だな」と、ヴェリティが窓のほうへ行きながら冷やかにいった。

「すでにマシューズ巡査部長によって隅々まで捜されたことを知っているミス・バートンの部屋を、わたしがなんの目的でもう一度捜したか自問してみるがいい。あの部屋を再度捜したのは、覆面がそこにあることを知っていたからだよ」

完全な沈黙が訪れた。カニンガムは恐怖の目で彼をみつめた。

「しかもわたしは、あんたがそれを置いたことも知っていた」

「違う……」

「あんたがひきだしに入れるのをこの目で見たんだよ」

「でたらめだ！……」

「なかなか面白いアイディアだった。あんたは覆面に関するミス・バートンの話の信憑性を失わせるために、彼女の部屋に覆面を持ちこんだ。マクスウェルの部屋できみがしていた同じ覆面をだ」

「同じ覆面……」と、カニンガムがおうむがえしにいった。「同じ……」

「あんたがミス・バートンの部屋に持ちこむところをわたしが見た同じ覆面だよ」

カニンガムは抗議のそぶりを示したが、やがてとつぜん口を閉じた。

「その同じ覆面をかぶって」と、ヴェリティがいった。「あんたはマクスウェルを殺した」

全員が沈黙した。しばらくしてカニンガムがゆっくりうなずいた。

「あんたは麻薬の供給を続けさせるためには、彼を殺さなくてはならないことを知っていた。

彼から与えられた精神的苦痛と、彼の脅迫によってやむなく働いた悪事を断ち切るためにも、彼を殺したかった。そうじゃないかね？」

「何度でも殺してやるさ」と、カニンガムが顔をあげて、灰色の目でヴェリティを見すえながら、ゆっくりといった。「今ここで――あんたの目の前でだって殺してやる。わたしは犯罪者じゃない。だれがなんといっても犯罪者だとは認めないが、彼を殺したことを認めるのはいい気分だよ！　彼を殺したときはじつに誇らしい気分だった。水曜日の晩は一睡《いっすい》もせずに、自分だけでなく、ほかの何百人もの人間がこれで彼から解放されたと考えていた。わたしと同じように、彼のせいで、一度過《あやま》ちを犯しただけで二度とあと戻りを許されなかった何百人もの人間が……彼らはもう二度と苦しむことも――彼から手紙を受けとることもないのだと……」

彼は涙を浮かべていた。長い間だれも口をきかなかった。やがてヴェリティがいった。

「なにがあったか話してくれ」

カニンガムは落ちつきを取りもどすまでしばらく手間どったが、やがてさしだされた煙草を受けとり、マシューズ巡査部長がメモをとるべく身構えた。

「わたしは彼に会いに行った」と、彼は低い声で話しはじめた。「七時四十分ごろだった。ドアの外で耳を澄ましたが、なんの物音も聞えなかった」

「覆面をしていたんだね？」

「そう、廊下に人がいた場合にそなえて。銃を持っていた。ドアをあけてなかに入りこんだ。

もう一度だけ、最後の説得を試みるつもりだった——」

「あんたとあんたに麻薬を供給している人間から手を引いてくれと説得するためだな。もちろん、あとでその男の名前も聞かせてもらうよ」

カニンガムはうなずいた。

「あんたはなにもかも知っているわけじゃない。わたしはマクスウェルに金を払い、麻薬を手に入れるために、盗みを働かなくてはならなかった。ずいぶん盗んだよ。もちろんマクスウェルはそのことを知っていた。彼はすべてを知っていたんだ」

「続けたまえ。あんたが部屋に入ったとき、彼はどこにいたかね?」

「椅子に坐っていた。ミス・バートンが——彼の腕に抱かれていたよ」

「朝食を注文していたんだ」と、ヴェリティが呟《つぶや》いた。

「わたしが入って行くと、彼は立ちあがった。彼はおびえていた、これは本当だ……それを見ていい気味だと思った——が、女がいるとは思っていなかった。だから、部屋の隅っこに行ってろと彼女にいった。結局、ほかにどうしようもなかったんだ。部屋から追いだすことはできなかった——少なくともそのときは……それに、いずれにせよ彼女はわたしを知らなかった。そのときは衣裳戸棚のことを思いつかなかった」

「それにしても、こういってはなんだが、ひどくばかなことをしたもんだな」

「まったくだよ……自分がなにをしているかもわからなかった……」

「それからどうした？」

「彼に話しかけた。わたしをほっといてくれと頼みにきたといった。麻薬なしではもう耐えられない——少なくとも今すぐはやめられないと。友達が供給をストップしたら生きてはいけないと訴えた。すると彼は、今までどおり金さえ払ってくれれば、友達のことを警察に知らせるつもりはないと答えた。そこでわたしはもう払えないといった。これ以上払いつづけることは物理的に不可能だと！」

「『もう最後の一シリングまできみに払ってしまったんだよ、マクスウェル……』」

「なにをいってるんだ？」

「なんでもない。ただの引用だよ。続けたまえ」

「そしたら彼は笑って——金を盗めといった——今までと同じように盗めと。要求どおり金を払わなかったら、盗みのことも警察に知らせるというんだ。それを聞いて頭に血がのぼった。とつぜん、彼にどんなひどい目にあわされてきたか……この男が故意にわたしの人生をめちゃめちゃにしたことに思い当った」彼はいったん言葉を切ってから、またいっきに続けた。「あんたは麻薬がどんな作用を及ぼすかを知らない……知るはずがない……だが彼は知っていた。わたしが薬を手に入れるためならなんでもすることを知っていた——おそらく彼はその部分をいちばん楽しんでいたんだ！……彼と会う前から麻薬を使っていたことは認めるが、それでべつにどうということはなかった。大して問題はなかった……だが彼と会ってからは事情が一変した。彼から逃れる方法はなかった。彼のせいでわたしは嘘つき、泥棒、詐欺師になった。わたしの人生は悪夢の連続になった――どこにも頼れる人間はいなかった。わたしには友達がいなかった。彼と同じように、友達が一人もいなかったんだ」

「彼の部屋でなにをしたのかね？」と、ランブラーが詰問《きつもん》した。

「われわれは争った。わたしは彼を殺した」

「どうやって？」

「争っている最中に彼を撃《う》った。背中をだ。自分が本当に撃ったとは信じられなかった。抱き起こそうとしたが、重くて動かなかった。とにかく床から抱きあげて――椅子にでも坐らせなくてはと思った。だが何度も倒れてしまう――部屋じゅういたるところで倒れた。まるでふたたび格闘しているかのようだった。壁に立てかけると、壁が血だらけになった……死体を立たせようとした経験はあるかね？　あんな難しいことはない」

「それだけのことを全部女が見ている前でやったのかね？」

「彼女がどこまで見たかは知らない。あのときは頭に血がのぼっていたから気にもしなかった。やがて、少し冷静になったところで、彼女が気を失っていることに気がついた。そしてたぶん彼女はすべてを見てしまったのだろうと思った」

「それから逃げなくてはならなかった」

「だから彼女を衣裳戸棚に閉じこめたんだ。ありあわせの紐を見つけて、両手両足を縛ったが、それほどきつくは縛らなかった。それから戸棚の扉をしめた」

「鍵はどうしたのかね？」

「一緒に戸棚のなかに入れた。それ以上トラブルは起こしたくなかった——彼女とマクスウェルの姿が見えないことに、人々がしばらく気がつかなければそれで充分だった」

「そしてあんたは部屋を出た？」

「いや、すぐじゃない。バルコニーに人がいるのに気がついた。パクストンが部屋に入りこもうとしていたんだ。どうしたらいい？……わたしは震えあがった……とにかく隠れた」

「どこに？」

「ベッドのかげにだ。そして彼が入ってくるまで待った。彼は死体を見て驚きの声をあげた。それから部屋のなかをあちこち動きまわり、やがてドアからとびだして、大声で警察を呼べと叫びながら階段を駆けおりて行ったよ」

「彼は床に落ちていた銃に手を触れたかね？」

「それはわからない。わたしのところからは見えなかった」

「それからどうした？　窓から外へ出たんだな？」

「そうだ。ドアは安全じゃないとわかっていたからだ」

「ドアに鍵をかけたかね？」

「いや、かけなかったと思う」

「しかし銃は置き去りにした」と、ランブラーがいった。

「そう、あのときは銃のことを忘れていたんだ。とにかくできるだけ急いで窓から外へ出た。指は血だらけだったし、上着にも血がついていた。外へ出るときに窓に血がついたのをおぼえている。ぞっとする光景だったよ」

「みごとに騙されたよ」と、ヴェリティがいった。「われわれはそれをマクスウェル自身がつけた血痕だと思いこんだ」

「そして雨樋伝いに警察の腕のなかへおりたというわけだな?」と、念のためにランブラーがきいた。

「そうだ。こうなったらどうでも好きなようにしてくれ。もうこわいものはなにもない」

ジャクソンがランブラーの顔色をうかがった。ランブラーはヴェリティを見た。ヴェリティはマシューズを見て、ひどくやさしい声でいった。

「カニンガムさんを食堂へ連れて行って、コーヒーを飲ませてやってくれ」

カニンガムが立ちあがった。

「あんたは頭がいいよ、ヴェリティさん」と、彼はいった。

「さよう」と、ヴェリティ氏は答えた。「昨日、あんたは必要とあらば簡単にはったりにひっかけられる人間だと考えたことをおぼえている。そしてその必要があったのだよ」

「どういうことだ?」

「わたしはさっきあんたを騙したんだよ、カニンガムさん。それが事件の解決に結びついたことがわかれば、きっとあんたも許してくれると思う。わたしはあんたが覆面を持ってミス・バートンの部屋に入るのを見たといったね?」

「それがどうした?」

「じつは、見なかったんだよ」

11

「ところがこれでもまだ充分じゃない」老人は庭の池に小石を投げこみながらいった。「署名入りの自白書をもってしても、鍵のかかった窓を説明することは不可能だ」

「それに鍵のかかったドアもです」と、ジャクソンがいった。「彼は依然として鍵には手も触れなかったと考えています」

「しかもロンドンの新聞記者たちが待っている」と、ヴェリティは嘆息した。「かわいそうなジャクソン！　殺人犯は自白した――それに内側からドアと窓に鍵をかけることができた唯一の女性もいる。ところが犯人は彼女の両手両足を紐で縛ったといっている。どうやらすべての中心は依然として衣裳戸棚の女のようだな」

ランブラーが憂鬱そうに顎を撫でながらいった。

「カニンガムが、火曜の晩に彼女がマクスウェルと争っていたといいさえしなかったら、それに彼女が覆面の男はカニンガムだったといいさえしなかったらなあ！……そうすれば彼は間違いなく彼女を庇《かば》っていたといいきれるんだが。そしてわれわれの立場からすれば、庭のすべてが美しく見えるんだが」

「庭のすべては現に美しいよ！」と、ヴェリティが長い草のなかを通ってリンゴの木に近づきながらいった。「わたしにいわせれば、国家情勢を論じて徐々《じょじょ》に興奮する軍人の一団のように、大きく膨らんで赤く色づいた熟《う》れたリンゴほど夏らしい眺めはない」

「まったく厄介このうえない」と、だしぬけにランブラーがいった。

ジャクソンが驚きの表情をうかべた。彼の口から泣き言が洩れるのを聞くのは初めてだったからである。池のなかでは滑稽なシルヴァー・フィッシュが底に潜《もぐ》って、鱗《うろこ》から輝きが失われた。

「一時間前まで」と、ヴェリティがいった。「きみはアリス・バートンとテッド・ウィニッジの共犯説に絶対の自信を持っていた――わたしがマシューズに命じて彼女の部屋を調べさせたことを忘れていたというそれだけの理由で（もっと早くきみの記憶を呼び起こさなかったのは悪かったが、大向《おおむこ》うを唸《うな》らせる誘惑に抵抗できなかったんだよ）。ところが今度は――その事実がひとつ加わっただけで、きみは一転してたちまちカニンガムが犯人だと信じている」

「二つの事実だよ」と、ランブラーがそっけなくいった。「カニンガムは殺したことを認めている」

「要するに答は明白だと思う。事実を多く集めれば集めるほど、より多く真実を知ることになるはずだ。われわれはどっかで間違えたんだよ」

「つまりもっと多くの証拠を捜すべきだということか？」

「そのとおりだよ、ポーパス。われわれはもっと手がたい捜査をする必要がある」

「どっちを向いてかね？」

「それがわかれば苦労はないさ！　しかしきみは正しい。毎度のことだが、行動を起こす前にまず考えろだ。考えてみれば、これはじっに興味深い」彼は草の上に長々と横になった。「われわれがすでに知っている事実だけでは充分じゃないが、より多くの事実を知るためにどっちを向けばよいかを教えてくれるものはそれしかない。いわばひとつの手がかりに二重の意味が隠されている宝捜しのようなものだ。その第一の役目は、順を追ってきみをつぎの手がかりに導くことだが、第二の役目は最後から二番目の段階にたどりついたところで初めて明らかになる。つまりきみを一直線に宝物に導く役目だ。われわれは今その段階に達したが、残念ながらくだんの手がかりを捜しにあと戻りせざるをえないようだ」

沈黙が訪れた。

「おっしゃることがよくわからないんですが」と、ジャクソンがぽかんとした顔でいった。

「ヴェリティさんがいっているのは」と、ランブラーが説明した。「われわれに必要なのは今、いま、今になって初めて意味を持つ手がかりだということだよ」

「なるほど」と、ジャクソン。

「あるいは」と、ヴェリティが急に四角ばっていった。「今になって初めてなんの意味も持たなくなった手がかりだ」

彼は興奮の面持で起きあがった。

「逆説的ないい方ですまんが」と、彼は反抗的な顔をしたジャクソンにいった。「これ以上うまくいえなかったんだ」

「そうですか」

「いえないって、なにをだね？」と、ランブラーがきいた。

「たった今思いだしたことをだよ」

「どんなことだ？」

「考える時間が欲しい。しかも独りになって考えたい」

彼は急ぎ足で庭のゲートのほうへ行った。

「どこへ行くんだ？」

「海だよ。ひと泳ぎすれば考えがまとまるかもしれない」

「だが水着がないぞ！」

「わかってる。わざと家に置いてきたんだ。昨日は水温が高かった。今日はもっと高そうだ——水着で泳ぐには高すぎるよ。わたしが経験からなにも学ばないなどとは」と、ヴェリティ氏は得意満面でいった。「だれにもいわせんぞ」

時間がすぎて行った。昼食も終った。ジャクソンは午後からカニンガムの供述を記録し、報告書を作成する仕事にかかりっきりだった。ランブラーは《ペルセポリス》の居間で、彫像たちの侮蔑の視線にさらされながら、沈思黙考して午後をすごした。

一度は容疑者と目《もく》された人々のうち、ミス・フレイマーはリンゴの木の木陰でパクストン氏と熱心に話しこんでいた。アリス・バートンとテッド・ウィニッジは手をとりあって浜を散歩しながら、遠くから深い畏敬の念をこめてヴェリティ氏を見守っていた。恐るべき老人はさえぎるものひとつない海面に、あおむけになってじっと浮かんでいた。

やがて彼が――ひげについた海水の滴《しずく》をきらきらさせている太鼓腹のトリトーンのように――海中から立ちあがって、素裸で体を揺すりながら砂浜のほうへ歩きだしたとき、二人の観察者は呆《あき》れ顔で《ザ・チャーター》の庭に引きかえした。間もなく服を着た老人が庭へやってきたが、考え事に熱中していて、若い二人にも木陰の年上のカップルにも気がつかなかった。彼はまっすぐ芝生を横切ってホテルに入り、階上に姿を消した。それっきり一時間以上もおりてこなかった。やっと姿を現わすと、その晩八時に全員を談話室に集めるようジャクソンに命じた。

ふたたび庭に戻ったところを、パクストン氏に呼びとめられた。

「失礼ですが」と、彼はいった。「わたしはいつこのホテルを発《た》てるのでしょうか？」彼の目は縁の太い眼鏡のレンズの奥から心配そうにヴェリティをみつめていた。「いろいろしなければならないことがあるもんですから」

「そうでしょうな」と、ヴェリティは冷やかに答えた。「しかしながら、その前にあなたを殺人の罪で刑務所に送るか、それとも殺人未遂の罪に問うかを決めなくてはなりませんな」

「しかし――」

「神のおぼしめしを受けいれなさい」

通りすぎようとして今度はアリスに呼びとめられた。

「ヴェリティさん――」

「あとにしてくれ」

「わたしたち、どうしても知りたいことがあるんです」

「今夜八時に」

彼は二人を押しのけて浜におり、庭のゲートから二百ヤードはなれた砂丘にぽつんと腰をおろして海を眺めた。葉巻の煙が絶え間なしに空に立ちのぼった。

午後から、ヴェリティに抗議する《ヤードスティック》の記者を含めた前日の新聞記者団がふたたび押しよせてきたが、話を聞こうとする彼らの試みは、だれも近づけるなと厳重に指示されている警察よりも、むしろやっと警察の見張りを突破して浜に到達した記者団が目にした、ヴェリティ自身の微動だにしない催眠状態によって妨《さまた》げられた。彼には記者たちの声が耳に入らず、姿も目に入らないらしく、かろうじて身動きするのは葉巻の灰を落とすときだけだった。ミス・フレイマーはティーとサンドイッチを届けようとしたが、記者たちと同じように追いかえされた。

夕方になると、《ザ・チャーター》は深い静寂に覆われた。静寂と薄れゆく光のなかで、談話室は指示に従《したが》って集まった事件の関係者たちでいっぱいになった。アリスとテッドは小型ソファに坐り、パクストンと女支配人はその隣りのアームチェアに腰をおろしていた。カニンガムはさらにはなれた背もたれの高い椅子に坐って、村八分にあったようなプレッシャーを味わっていた。彼の後ろにはロックスリー巡査と、最初に雨樋の下で彼をつかまえた巡査が立っていた。ジャクソンは事件発生以来ずっと仕事机がわりに使っている大きなテーブルに坐っていた。テーブルは当局と容疑者たちの間に一線を画《かく》するために、部屋の中央からわずかに端のほうに寄せられていた。

八時直前にランブラーが姿を現わして、部屋のいちばん奥までまっすぐ進み、いちばん深いアームチェアに腰をおろして沈黙した。レインチャート大佐が顔をのぞかせたが、すぐに追いだされた。彼はしぶしぶ立ち去ったが、まともな人間ならだれでもこの事件に関心を持っているると不平たらたらだった。

時計が八時を打った。ヴェリティ氏がゆっくりした足どりで庭を歩いてくるのを見たとたんに、話し声がぴたりとやんだ。彼は部屋に入り、集まった人々と向かいあって無言でテーブルの前に立った。ひどく疲れた様子で、瞼《まぶた》が生気のない目の上に重く垂れさがっていた。ようやく彼が口を開いた。

「ご存知のように、カニンガムさんがマクスウェルを殺したことを自白した。これで警察が捜査を続ける理由がなくなったと考える人もなかにはいるかもしれないし、通常の場合ならおそらくそのとおりだろう。しかしこの事件の場合、これですべてが終ったわけではない。みなさんは今から事件の結末を聞くことになる。その結果、この事件がみなさんの心のなかに生みだした謎の一部が解決されることをわたしは希望する。少なくとも、もう一人の犯人が明らかになることは間違いない」

聞き手は椅子の上でもじもじ尻を動かしながら待った。

「では、振出しに戻って話を始めることにしよう。そもそもの始まりは、ミス・バートンがマクスウェルの脅迫と抱擁から、アムネスティの町に逃げ場を求めたことにある。そうすることで、彼女はこの複雑な一連の事件の引金を引くことになった。実際のところ、『衣裳戸棚の女』には大きな責任がある。彼女はこの町へやってきて、《ザ・チャーター》でウェイトレスとして働きはじめた。そしてここに移ったことをマクスウェルあての手紙で説明した。婚約者のことを彼に知らせた結果、婚約者をも事件に引きこむことになったのだ」

ウィニッジが抗議しかけたが、ヴェリティは身ぶりで彼を押しとどめた。

「話の邪魔をしないでもらいたい。マクスウェルは彼女を追ってこの町へやってきて、同じホテルに滞在した。彼がふたたび姿を現わすと同時に、すべてを明るみに出して、彼の前で開きなおるという彼女の勇気ある決心は鈍ってしまった。彼女は妥協しようとした。実際のところ、ただずるずると日を送ってしまったのだ。そしてずっと、若い恋人にはなにも知らせぬまま、部屋へ食事を運ぶたびに、マクスウェルのみだらな振舞いに耐えてきた」

「これはどうしても必要なのか？」と、ウィニッジが叫んだ。

「わたしがなぜそうしたのかと質問したとき、彼女は『考える時間が欲しかったから』と答えた。彼女が望んだのは、打開策を考える時間だった——が、マクスウェルが相手では打開策などありえないことに気づくまで四日間もかかった。彼と最後の争いをしたあとで、やっと網を切りでもしないかぎり逃れるチャンスはないことに気がついた。そこで、彼女自身の告白によれば、ウィニッジさんのもとへ駆けつけて、マクスウェルを殺してくれと頼んだ」

「ちょっと待ってくれ——」

「彼女は自分がなにをいっているかわからなかったというが、わたしが別の状況に関して前にいったように、だからといってそれが彼女の本音でなかったということにはならない」

人々の間から驚きと抗議のざわめきが起こった。

「これはわれわれに対する攻撃以外の何物でもない！」と、ウィニッジがひときわ高く叫んだ。

「攻撃する理由はいくらでもある」と、ヴェリティは冷静な口調でいった。「しかし、そのことはひとまずおいて、彼女がほかになにをしたかを検討してみよう」

集まった人々の間からふたたびざわめきが洩れた。ウィニッジが罵《ののし》りながらヴェリティに詰めよった。ヴェリティは肩をすくめただけで一歩もあとへ引かなかった。結局若い男は警官に椅子に坐らされ、青ざめた顔で哀願するようになにかを耳打ちする婚約者に、片腕をしっかりつかまれた。

「彼女がこの町にやってきたことが」と、ヴェリティが話を再開した。「マクスウェルを呼びよせる結果になった。その彼を追って、月曜日にはパクストンさんが、火曜日にはカニンガムさんがやってきた。われわれはマクスウェルが当地からこの二人の親友あてに書いて、捨てずに残しておいた手紙の下書きを発見した。それからもう一人、ミス・フレイマーがいた。このことは少し説明を要するかもしれん」

パクストンが椅子の上で体を硬直させてまっすぐ前方を注視した。ミス・フレイマーはかたく目を閉じていた。

「今から何年も前、ミス・フレイマーは法律の専門家が考えだした違法な手段によって窮地を救われた。この違法な手段のせいで、パクストンさんは職を失った。運悪く、彼の予防策が不充分だったために、違法行為の証拠をマクスウェルに握られてしまったからだ。その結果、当然脅迫が行《おこな》われた。約十年後に、ミス・フレイマーはパクストンさんと違って、行方をくらますことによって脅迫から逃れることができた。彼女は、いうまでもなく、この町にやってきて、ほぼ一年間にわたって《ザ・チャーター》の経営を軌道に乗せ、あまり評判のよくなかったホテルの格式を高めることにさえ成功した。彼女にとって不運だったのは、アリス・バートンもほかならぬこのホテルを隠れ場所に選んだことだった。あるいはウィニッジさんがこの町に住んでいたことが彼女の不運だったというべきか？　いずれにせよ、マクスウェルは到着後すぐにこの気の毒な婦人と再会した。わたしの見るところ、彼は昔の犠牲者をふたたび脅迫する楽しみを、新しい犠牲者を始末するあとまでとっておいたようだ。彼の書類のなかから発見された短いメモには、『ミス・F』としか書かれていない。彼女には幸運なことに、マクスウェルはミス・バートンにかかりっきりで、彼女を攻撃する暇がないうちに死んでしまった」

「違います」と、パクストンが静かな声でいった。「マクスウェルはミス・フレイマーを攻撃しましたよ。わたしを通じてね。わたしは彼のいう『交渉』を始めることになっていたんです」

「なるほど！　だからカニンガムさんのいうひそひそ話が何度も交《か》わされたわけだ。わたしはあんたが彼女を落ちつかせるために話しかけていたとばかり思っていたよ」

「彼女は恐慌をきたしていました」と、パクストンがいった。

そして片手をのばし、ミス・フレイマーの腕に触れた。

「なるほど」と、ヴェリティがいった。「つまりミス・バートンは、この町へくることによって、この小さなホテルにいたすべての人間を巻きこんでしまったわけだ。ここまでの事件の時間的経過はきわめてはっきりしている」彼は一同を見まわしたが、だれ一人異《い》を唱えなかった。

「金曜日から火曜日まで、ミス・バートンは迷いつづけ、ミス・フレイマーはマクスウェルにふたたび攻撃されるのではないかとおびえつづけていた。月曜日にパクストンさんが到着し、おそらくマクスウェルと会って、要求を拒否しようとした。ところが今までどおり金を払え、それからミス・フレイマーにもまた金を払ってもらう、といわれた」

　パクストンがはっきり聞えるほど大きな溜息をついた。

「火曜日には、緊張が目に見えて高まったに違いない。パクストンさんとミス・フレイマーは追いつめられている。ミス・バートンはマクスウェルに最後の訴えを試みている。そこへカニンガムさんが銃を持ってやってくる。ミス・フレイマーは、カニンガムさんが玄関ホールでうっかり銃を落としたのを見て、そのことをパクストンさんに話す。二人はどれほど希望を抱いたことだろう！……一時間後、ミス・バートンが怒りと憎しみに燃えながら、恋人に会いに行く。お膳立ては調《ととの》った。つぎになにが起きるか？」

　ヴェリティ氏はひと休みして葉巻に火をつけた。暮れゆく陽の光が顔を赤く染めた。

「そこでわれわれは見当違いをしでかした」と、やがて彼はいった。「そのことは認める。しかし、それはわれわれの責任ではなかった。われわれが発見したすべての事実はひとつの答、すなわちアリス・バートンとテッド・ウィニッジが共謀してマクスウェルを殺したという答を指していた。一時はウィニッジがアムネスティ広場に駐《と》めた自分のタクシーのそばで、消音装置つきの銃を使って撃った、と思いこんだほどだ。それが致命傷にならなかったので、被害者をホテルの二階までかつぎあげてもう一度撃ったと考えた。さらに、自分が前にマクスウェルにあてて書いた手紙、警察に見つかれば自分とマクスウェルのつながりがわかってしまう手紙を取りもどそうとして、部屋のなかをかきまわしたものと考えた。手紙が見つからなかったので、アリスの部屋へ行って、彼女に頼まれたとおりマクスウェルを殺したことを伝え、それからカニンガムさんに罪を着せる計画を彼女に吹きこんだのだと。鍵のかかったドアと窓の謎を説明するには、実行に当って失敗した計画の存在を仮定するしかなかった。ばかげていると思うかもしれんが、あらゆることがその仮定を支持していた――牧師の話も、階段の下の血痕も、銃についた指紋も、覆面の男が部屋に入ってきたという信じがたい話も、その後の、カニンガムさんが覆面の男だという告発もだ。実際のところ、わたしがいささか常道からはずれたことをしなかったら、若い二人は窮地に立たされていたところだった」

やり場のない怒りの声が発せられたが、ヴェリティはそれを無視して続けた。

「わたしがやったのは、ジャクソン警部の部下の一人に命じて、ミス・バートンが部屋へ戻ることを許される前に、彼女の部屋を調べさせることだ。こうしてわたしは、つぎの日に彼女の部屋で発見した覆面がだれかに持ちこまれたものであることを知った。この知識がわれわれの二人に対する疑惑を無意味なものにし、わたしがカニンガムさんにはったりをかますことを可能にした。わたしは逆方向から――カニンガムさんが犯人だという仮定から出発しなくてはならなかった。必要なのは、ランブラー警部がいったように、今になって初めて意味を持つ手がかりを見つけることだった。わたしはそれを裏返しにして、今となってはなんの意味も持たない手がかりをひとつ発見した。鍵のかかったドアと窓の謎のことではない――それは最初から無意味だった。そうではなく、カニンガムさんの銃についていたミス・バートンの指紋のことだ。もしも彼の話が本当だとしたら——わたしは本当だろうと思っていたが——なぜ彼女の指紋がついていたのか？」

ランブラー警部が薄暗がりからゆっくりうなずいた。容疑者たちは身じろぎもせずに目を伏せてカーペットをみつめていた。窓の外では、濃くなってゆく夕闇のなかで木々が揺れていた。

「彼女があの部屋で銃に手を触れなかったとしたら」と、ヴェリティがいった。「どこかほかの場所で手を触れたに違いない。カニンガムさんの部屋でないとしたら、ほかにどんな場所があったろう？　そこでわたしはカニンガムさんの部屋へ行き、しばらくして、まったくの幸運な偶然から、壁際《ぎわ》の衣裳戸棚を動かした。するとそこに捜していたものが見つかった。ミス・バートン、火曜の晩にカニンガムさんの部屋でなにがあったか話してもらえんかね？」

彼女はうなずいて、急いでウィニッジの手を振りほどいた。

「わかりました」

ほかの者たちが敵意にみちた好奇の目で彼女を見た。ヴェリティは暗すぎて彼らの表情が読めないことを残念に思った。

「どうぞ」と、彼はいった。

「あのときは人手が足りなかったので、いくつかの部屋のベッドを整えてくれないかとミス・フレイマーにいわれました。わたしは承知して、十時半ごろにカニンガムさんの部屋へ行きました。彼はたぶん入浴中だったと思います――いずれにしても姿は見えませんでした。ベッドカヴァーを剝《は》がしたときに、枕の下から突き出ているあるものに気がつきました。わたしはそれを取りだしました」

「そしてマクスウェルを殺すことで頭がいっぱいだったので、それを両手で握りしめたんだね？」

「そうです」

「そしてついに引金まで引いた？」

アリスはうなずいた。

「弾《たま》は反対側の壁を突き抜けて隣りの部屋まで飛んだ。その部屋は現在使われていなくて、空箱やらなにやらの置き場所になっている。それからきみは銃を枕の下に戻して、壁の穴を隠すために戸棚の位置を数インチずらした」

ミス・バートンはふたたびうなずいた。

「それから？」

「窓をあけました。部屋に硝煙がこもっていたからです」

「当然だろうな」

「なぜあんなことをしたのか自分でもわかりません。わたしは……」ウィニッジが無言で救いの手をさしのべた。だがヴェリティは容赦なく続けた。

「壁の穴が戸棚を数インチずらせば隠れるほど近くて運がよかった、と思ったことだろう。また、カニンガムさんが自分の銃を調べなかったことも幸運だったと思っただろう。なんという愚かな女だ！　この幸運のせいで、きみは危うく絞首刑になるところだったのだよ」

ジャクソンが口をはさんだ。「あなたはその穴を捜していたといいましたね。どういうことですか？」

「彼女の人生では、衣裳戸棚が重要な役割を演じる確率が高い、ということかな」と、ヴェリティはにやにやしながらいった。

「なるほど」

「その理由はもうすぐ話すよ。その前にわたし流のやり方で事件を再現させてくれ。ここまでのわたしの話に首尾一貫しないところはないだろうね？」

「ありません」

「よろしい。では、七時半から八時の間にマクスウェルの部屋でなにが起きたかを説明しよう。七時半に、ウィニッジに殴られたショックから立ちなおったマクスウェルが、呼鈴を鳴らしてお気に入りのウェイトレスを呼ぶ。彼女は前夜の興奮もおさまっていて、いつものけしからぬ振舞いにも逆らわない。そこへカニンガムさんが入ってきて、二人が一緒にいるのを発見する。ミス・バートンは部屋の隅に追いやられる。男たちが口論を始める。ついにカニンガムさんが発砲してマクスウェルの背中に傷を負わせる。カニンガムさんは彼を撃ったあと、立たせておくのに苦労した——まるで格闘でもしているようだったとわれわれに語った。じつはそれはまさに格闘だったのだ。傷ついた人間は恐ろしい襲撃者の腕のなかで死んだふりをしていた。マクスウェルは自分がまだ生きていることに気がついたとき、死んだふりをするしか生きのびる望みがなかったんだよ。

「ミス・バートンは失神する。カニンガムさんはすばやく彼女に近づいて、手足を縛り、衣裳戸棚に閉じこめる。閉じこめたとたんにパクストンさんの姿に気がついて、隠れる。パクストンさんが部屋に入ってくる。彼はマクスウェルが死んでいるものと思いこむ——さらにカニンガムさんの銃を手に取るという二つの過《あやま》ちを犯す。そこで彼は警察を呼ぶために駆けだして行き、カニンガムさんは窓から外へ出る」

「そのとおりです！」と、パクストンがいった。「わたしは死んでいるかどうか確かめることさえしなかった。一目《ひとめ》見て死んだものと思いこんでしまったんです。なにしろ部屋じゅう血だらけで——ひどい状態でした。わたしは震えあがってしまった！　どう考えたらよいかもわからずに……」

「そう、わたしはあなたがひどく取り乱していたことをおぼえている。にもかかわらず、あなたの観察力をもってすれば、通常の場合、時間をかけてその観察力を働かせさえすれば、わたしになにを話すことができたかを、消去法によってつきとめなくてはならなかった。少なくとも彼が背中に何か所傷を負っていたかはおぼえているんじゃないかね？」

「なにしろそこらじゅう血だらけでしたから」と、パクストンは頑《かたく》なにいいつづけた。「たぶん十発以上も背中に弾丸を撃ちこまれていたんじゃないでしょうか」

「ところが、実際にはたった一発撃たれただけだった。マクスウェルは、さっきもいったように、まだ生きていた。あなたが彼を見たとき、彼は死んでいたはずがなかった――」

「はずがなかった？」と、ジャクソンがオウムがえしにいった。

「さよう。なぜならドアと窓に内側から鍵をかけた人間は、彼以外にありえないからだ」

「それはどういうことですか？」

警部がけげんそうな顔をした。

「もちろんその可能性は前にも考慮したが、いかんせん矛盾が多すぎた。警部、きみはついさっき、わたしがカニンガムさんの部屋で捜すべきものを知っていたのはなぜかときいたな。パクストンさんとカニンガムさんが部屋から出て行ったあとも、マクスウェルがまだ生きていたと仮定することが、唯一の論理的な答だったからだよ。そう考えればなんの矛盾もなかった。ドクター・ペラムは、マクスウェルの死体から発見された二発の弾丸のうちの一発が致命傷になったといっている。もう一発は比較的軽い傷を負わせただけだった。とすれば、明らかにカニンガムさんは一発しか撃たなかった――比較的軽傷のほうの一発だ。彼自身はひどく興奮していたために、自分が何発撃ったのかおぼえていなかったのだ！」

カニンガムは茫然としてヴェリティをみつめていた。今にもひざまずきそうな様子だった。

「にもかかわらず、カニンガムさんの銃からは間違いなく二発の弾が発射されていた。そのことを考えているうちに、とつぜん無意味のなかから意味が閃《ひらめ》いた。ミス・バートンがどうやって銃に指紋を残したかがわかったのだ。わたしが海からあがってカニンガムさんの部屋を調べに行ったのはそのときだった。それから先は説明する必要がないだろう」

そうだとしても、だれもひと言も発しなかった。

「カニンガムさんが窓から外に出て雨樋を伝いおりると、マクスウェルはよろめきながら立ちあがった。傷はひどく痛んだに違いないし、傷口はひどく出血していた。彼は、人目を避けて窓から入ってきたパクストンさんもまた、自分を殺しにきたに違いない、ドアから出て行ったのはすでに自分が死んでいると思ったからだと考えた。しかし、どちらか一方がまた戻ってきたらどうなるか？　カニンガムさんが彼を殺したと確信していなかったら？　あるいはパクストンさんがもう一度確かめに戻ってきたら？　なんとしても二人を部屋に入れないようにしなくてはならない！……彼は死物狂いで窓に近づいて鍵をかける。それから急いで戻ってドアに鍵をかけ、鍵を床に投げ捨てる。やがて、精も根《こん》も尽きはてて、ドアの前にひざまずき、物音に耳を澄ます。部屋の外が騒がしくなる。最初にパクストンさんとわたしの声を聞きつける――パクストンさんが力まかせにドアを叩いている。続いてホールからカニンガムさんのどなり声が聞える！……しかし彼は安全だ！　ドアにも窓にも鍵がかかっている！

「やがて警察が到着するが、聞きおぼえのないジャクソン警部の声が彼の恐怖心をいちだんとあおる——彼は絶対にドアをあけるつもりがない。うずくまってドアにもたれかかり、恐ろしさで口もきけない。ミス・フレイマーはマスター・キイを失くしてしまった。だがドアをあけなくてはならない。そこで急場しのぎにドアロックがパクストンさんの使われていない銃で外側から撃ち抜かれる——至近距離から発射された四五口径弾は、ホテルの老朽化したドアロックを撃ち抜いて必然的にマクスウェルの背中に達する。弾は心臓に命中し、彼は即死する」

彼はひと呼吸おいて低い声でいった。

「カニンガムさんの銃から発射された二発の弾のうち、一発しかマクスウェルの死体から発見されていない以上、もう一発の出所を説明しなくてはならなかった。これで納得のゆく説明ができたと思うが」

「しかし一発はカニンガムさんの銃から、もう一発はパクストンさんの銃から発射されたものですよ」と、しばらく間《ま》をおいてジャクソンが反論した。

「いかにも」と、ヴェリティが答えた。「銃は両方ともストランドのジェソップで買ったものだ」

恐ろしい沈黙が訪れた。やがてジャクソンが咳ばらいをし、頭を掻《か》きながらゆっくりといった。

「おたずねしますが、あのドアロックを撃ち抜いたのはだれですか？」

「わたしだよ」と、ヴェリティは答えた。

12

陽はとっくに沈んでいた。海上と西の空に残る薄明《はくめい》も消えかけていた。ランブラー氏は濃紺に染まった浜をヴェリティ氏と並んで歩いていた。

「じつは」と、ランブラーが静かにいった。「今日の午後きみの家へ行ったんだよ。そしてきみの彫像に囲まれながら考えて、すべてを解決した」

「じゃ、知っていたのか？」

「知っていたさ。しかしきみは彼らに話す必要があった」

「そうだ。しかし——パズルは完成したと思わんかね？」

ランブラーがうなずいた。そのときホテルの方角から一人の男が近づいてきた。ドクター・ペラムだった。

「おうい！」と、彼は叫んだ。「ニュースがあるぞ！」

「ほう？」と、ヴェリティがいった。「今度はなにかね？」

「リチャード・テューダーのことだよ」

「見つかったのか？」

「ああ、見つけたとも」

「よかった。これでパズルは本当に完成した。まさか死んではいないだろうな？」

「ああ、ぴんぴんしているよ。今ボグナー・レジスにいる。木曜の午後——午前中きみと話したすぐあとにそこへ行った。それどころか、きみがそこへ追いやったようなんだ」

「ボグナー・レジスへ追いやられるのは、さほど苛酷な運命というわけでもないさ。ほかにわたしの責任は？」

「さあ、それはわたしにもよくわからん。彼がいうには、きみと話したあとで、知識階級からは自分の運動に対する支持を得られないことに気がついたんだそうだ。それまでは支持されると思っていたらしい」

「当然だよ。シムネルもウォーベックも（いずれも十五世紀イギリスの詐欺師にして王位僭称者）知識階級の支持がなかったらなにもできなかっただろう」

「いずれにしろ、きみは彼に軽薄な皮肉屋——『きみたちのような人間の代表格』と思われたらしい」

「失敬《しっけい》な男だ！」と、ヴェリティはいった。

「『そんな連中に用はない』と、彼はいったよ」

「警察も今夜以降はわれわれに用がないだろう。除《の》け者にされた気分だよ。それからどうした？」

「どうやらきみはラクダの背骨を折った藁の最後の一本だったらしい。彼は知識階級とは完全に手を切って、庶民を信頼する決心をした。そのためにボグナーへ行って、目抜き通りで旗じるしを打ちたてた」

「やれやれ！」

「その旗にはテューダー家のバラの紋章までついていたんだ」

「で、ボグナーの町民はどんな反応を示したのかね？」

「残念ながらひどく冷淡だったようだ。彼がキリストの再臨を説《と》いているのではないことに気がつくと、彼らはただちに警察を呼んだ。今夜七時にはブタ箱にぶちこまれていたよ。頑《がん》として名を名乗らず、自分が正気であることを保証してくれる人間として、くりかえしわたしの名前を出したそうだ」

「で、きみは彼の正気を保証してやったのかね？」

「してやったとも。ボグナーの警察に、彼は自分の主張を裏づける文書を持っているといってやったよ。その結果治安妨害の罪を問われただけですんだ」

「自分の財産を取りかえそうとしただけで二ポンドの罰金を科せられるのは気の毒だな」

「ところで」と、医者がいった。「マクスウェル事件が解決したそうだね。おめでとう」

「張本人はわたしだよ」と、ヴェリティは言葉少なに説明した。

「そのことをいったのさ。おめでとう。ところで、警察はそれをどう呼ぶのかな？」

「任務遂行中の事故かな」と、ランブラーがいった。

「うまい表現だ」と、ペラムが感想を述べた。「いささか不正確かもしれないがね。わたしの見るところ――ホテルの人たちもみなそう思っているだろうが――事故は任務の当然の成行きだった」

「それはどうも。しかし、わたしはほめられるようなことをしたわけじゃない」

「そうかな？　アリスとウィニッジは自由になった。パクストンとミス・フレイマーもだ。しかもきみはカニンガム自身が破滅したと思った彼の人生まで救ったんだよ」

「わたしが考えていたのはジャクソンのことだよ」

「ああ、たしかに彼には気の毒だった！　初めて手がけた大事件で、こんなふうに邪魔されたんじゃ立つ瀬がなかろう」

「まったくだ」

「たしかにね」と、ランブラーが同意した。「鍬《くわ》で掘り起こす地道な仕事はみな彼がやったんだから」

「しかもわたしは、かたくて掘るのが難儀な畑ばかり掘らせた」

「実際、彼には気の毒だよ」と、医者が同情をこめて小首をかしげながらいった。「おそらくこの町じゃ、少なくともこれから二十年間は殺人など起こらんだろうからね」

「殺人だと？」

「失礼！――事故だった」

「そのとおり」

夕闇のなかを、背筋をぴんとのばした力強い人影が通りすぎた。

「探偵どもが！」と、人影は吐き捨てるようにいった。

仔犬が砂浜を駆けだしてそのあとを追った。

「まったく残念だよ！」と、ヴェリティがまた三人だけになったところでいった。「マクスウェルの死を自殺にできなかったのは」

「多くの人間が知りすぎている」と、ランブラーが苦い口調でいった。「おそらく自殺として処理することは不可能だったろう。それに、いずれにせよ真相は洩れていただろうな」

「どうだろう」と、ペラムがいった。「カニンガムから麻薬の売人の名前を聞きだすことはできないものかな？ そうすればジャクソンは捜査を続けて、自分の手でそいつを逮捕することができる」

「名案だよ、ドクター！ どうもありがとう。たしかに本来彼のものになっていたかもしれない手柄と比べればささやかすぎるが、ないよりはましというものだ」

「しかも自殺として処理されていたら、そのささやかな手柄さえ彼のものにはならなかった」と、ランブラーがつけくわえた。「カニンガムにきみの秘密を守らせるためには、きみも彼の秘密を守らなければならなかっただろう」

「ある意味では」と、ペラムが悲しげにいった。「ほかの連中もみなすでに充分に苦しんできたのは残念なことだ――でなかったらジャクソンに彼らの過去を調べさせて、昔の盗みやアリバイ工作の罪で逮捕させることもできたのにな。そうすれば彼はすぐにも昇進していただろう。だが今となってはそれもできない相談だろうね？」

「そのとおり」と、ランブラーが答えた。

「遵法《じゅんぽう》精神は」と、ヴェリティがいった。「このような愛他主義のアイロニーをすべて殺してしまう」

「きみのいうとおりかもしれん。だとすればジャクソン警部は、ソーホーの裏通りを縄張りにするけちな麻薬売人を逮捕することで満足しなきゃならんだろう。だが彼はそれによって不屈の精神を身につけることになる。ではこのへんで失礼するよ。おやすみ。明日の晩うちへ食事にきてくれ。この前話した元患者のミセス・トレッチャーを紹介するよ。わたしは今月末まで彼女に一食につき青リンゴ二個のダイエットを課した。ところが彼女は一日に四回食事をとるんだ」

「喜んで伺《うかが》うよ！……大した男だ」と、ヴェリティはせかせかした足どりで浜を遠ざかって行く小男を見送りながらいった。波の音がすぐ近くで聞えていた。それははるかな昔、勇敢なランカスター軍を呑みこんだのと同じ波だった。「じつに鋭い。さあ、ポーパス、今夜もそろそろ終りだ。忙しい一日の最後の葉巻を吸う間、しばらく散歩をつきあってくれ……きみも知ってるように、わたしは終始殺人者の側に立っていると宣言してきた。だれにもそのことを隠そうとしなかったが、それでもだれ一人わたしを信じなかった。ただの一度でも額面どおりに受けとってもらえるというのは、じつに気分がいいもんだよ」

ランブラー氏は重々しくうなずいた。ヴェリティ氏が葉巻をつけた。二人の太った男は腕を組んで、青味がかった紫色の海にそって歩きだした。

Who is Peter Antony ?

久坂 恭

「メリデュー卿、あなたはなんでもお見とおしのようですから」警部がへりくだっていった。「殺人犯がどうやって被害者の死体をテニスコートのまんなかに置き去りにし、地面の上になんの痕跡も残さずに立ち去ることができたのか、ご説明ねがえるでしょうな。正直申しあげて、われわれ警察はまったくお手あげです。黒魔術でもなければ、やつにそんなまねができたはずがない」

（戯曲『スルース』より）

ピーター・アントニイなるイギリスの本格派の名前は、よほどの英国ミステリ通か密室ファンでないかぎりは耳慣れないものだろう。だが映画や現代演劇のファンであれば、すれっからしのミステリ・ファンをもうならせた『スルース』の原作者であり、ヒッチコック映画『フレンジー』やアガサ・クリスティ原作の映画『ナイル殺人事件』の脚本を書いたアンソニー・シェーファーや、モーツァルトの死の真相に迫った『アマデウス』の原作者ピーター・シェーファーの名前は、耳にしたことがあるにちがいない。現代のイギリス演劇界を代表するこのふたりの劇作家は兄弟、それもふたごの兄弟である。そして、このふたりが二十五歳のときにミステリを合作するさいに用いたペンネーム、それがピーター・アントニイなのである。

ふたごのシェーファー兄弟は、一九二六年五月十五日リヴァプールに生まれ、一九五〇年にそろって名門ケンブリッジ大学のトリニティ・カレッジを卒業した。ピーターのほうは学生時代の一九四六年にはやくもラジオ劇を手がけているが、このふたりが劇作家として本格的にデビューして名をなすのは、もっとずっとあとになってからのことである。アンソニーは卒業後しばらく法廷弁護士やジャーナリストとして生計を立て、ピーターは音楽関係の出版に携《たずさ》わったあと、雑誌で文芸評論活動を展開した。

このふたりがいかなる契機からミステリを出版することになったのか、彼ら自身とミステリとの関わり合いについてコメントしたものがなにもないので推測の域を出ないが、少なくともアンソニー・シェーファーのほうがかなりのミステリ・マニア、それも謎解きが大のお気に入りだったことはたしかである。そのことを如実《にょじつ》に示しているのが、彼が一九五三年から一九六〇年までイギリスのマイナーなミステリ誌〈London Mystery Magazine〉に連載していたミステリ書評コラム“Crooks in Books”である。ここで彼は、本格派の巨匠たちに賛辞を惜しまない。

「すばらしい本だ。ありがとう、クイーンのおふたり」(エラリー・クイーン『ガラスの村』)

「鉄道での長旅に最適の本」(アガサ・クリスティ『パディントン発4時50分』)

「フレンチは昔ながらの冴えを見せている」(F・W・クロフツ『関税品はありませんか』)

「ブラヴォー、グラディス・ミッチェル!」(グラディス・ミッチェル "The Twenty-Third Man")

その似ても似つかない作風からは想像もつかないが、アンソニー・シェーファーのもっともお気に入りの作家だったのが〈鉄壁のアリバイ崩し〉の名手クリストファー・ブッシュで、新作が出るたびにコラムで取りあげ、「ほんものの探偵小説」と手放しのほめようだった。彼が「あすの百よりきょうの五十(A Bird in the hand is worth two in the bush)」なることわざをもじって、「手にしたブッシュはほかのどんな作家が束になってもかなわない(A Bush in the hand is worth two of any other birds)」という言い回しをひねり出したのは、いまでも語り草になっている。

アンソニーとピーターのシェーファー兄弟は、ピーター・アントニイ名義、あるいはA&P・シェーファー名義で長編を三編と短編を一編合作しているが、そのうち三編までもが密室ものである。アメリカのミステリ・シーンでは、一九四一年の参戦を境《さかい》に謎解きを主眼とした本格ミステリがなりをひそめてしまうが、イギリスの大衆は空襲にあいながらも防空壕や避難所で本格ミステリを読みふけっていた。戦争が終わると、イギリスでは黄金時代から活躍していた作家がこぞって戦後の代表作を発表し、これにエドマンド・クリスピンやマイクル・ギルバートら若い才能が加わり、本格ものはふたたび活況を見せはじめる。一九九〇年代も、ピーター・ラヴゼイが最新作『猟犬クラブ』でディクスン・カーばりの船上の密室に挑み、昨年もっとも話題になったジェイン・アダムズのデビュー作『少女が消えた小道』が消失を扱い、英仏にP・C・ドハティー(P. C. Doherty)とポール・アルテ(Paul Halter)という不可能犯罪のエキスパートが登場して人気を博すなど、密室ものはふたたびちょっとしたブームだといえそうだが、戦後もっとも密室ものがさかんだったのは終戦から十年あまりのあいだである。この期間にはつぎのような密室ミステリの傑作が出版されている。

一九四六年　『自宅にて急逝』(クリスチアナ・ブランド)／『消えた玩具屋』(エドマンド・クリスピン)／『囁く影』(J・D・カー)／『大聖堂の殺人』(マイクル・ギルバート／The Cat Jumps (マイルズ・バートン)

一九四七年　『白鳥の歌』（エドマンド・クリスピン）／The Three Tiers of Fantasy（ノーマン・ベロウ）／「妖魔の森の家」（カーター・ディクスン）
一九四八年　『ジェゼベルの死』（クリスチアナ・ブランド）
一九四九年　「天外消失」（クレイトン・ロースン）
一九五〇年　『ニューゲイトの花嫁』（J・D・カー）／『魔王の足跡』（ノーマン・ベロウ）
一九五一年　『衣裳戸棚の女』（ピーター・アントニイ）／『捕虜収容所の死』（マイクル・ギルバート）／「五十一番目の密室」（ロバート・アーサー）
一九五二年　『道化者の死』（アラン・グリーン）
一九五三年　『悪魔を呼び起こせ』（デレック・スミス）
一九五四年　Don't Jump, Mr. Boland!（ノーマン・ベロウ）／「この世の外から」（ピーター・ゴドフリー）
一九五五年　『喉切り隊長』（J・D・カー）／Withered Murder（A&P・シェーファー）
一九五六年　『道化の死』（ナイオ・マーシュ）

このなかでデレック・スミス（Derek Smith）とノーマン・ベロウ（Norman Berrow）の

名前はほとんどなじみがないと思われるが、デレック・スミスの『悪魔を呼び起こせ』（国書刊行会）はセミプロ作家による最高の密室ミステリであり、ノーマン・ベロウはディクスン・カーに匹敵するアイディアを持った（ただし文章力のともなわない）、イギリス最良の密室作家のひとりである。シェーファー兄弟が密室ものを手がけた時代は、このように戦後の傑作を輩出していた時期だったわけである。とはいえ、ふたりの作品はなかでもきわだっていた。それでは、その作品を個々に見てゆくことにしよう。

○『衣裳戸棚の女』（1951）

ロバート・エイディー（Robert Adey）氏が不可能犯罪全般を研究した名著 Locked Room Murders and Other Impossible Crimes（1991）のなかで、「戦後最高の密室ミステリ」と評した長編。エイディー氏は、「この時代にはもはや至難のわざとなっていた、新機軸のあざやかな解決、ヴェリティ氏というすばらしく印象的な探偵、作品にぴったり合ったひょうきんなからかい半分の文体がここにある」とも、「すべての密室もののなかで、もっとも優れたもののひとつ。洗練されたユーモア、味のある人物描写、入念に練りあげられたプロット、それにここ何年も見られなかった独創的な解決——これらが文句のつけようがないほどブレンドされている」とも述べている。

〈陽気な探偵小説〉という副題が示すように、本書をなによりも特徴づけているのはそのユーモアである。E・C・ベントリーの息子で、自身もミステリの著作があるニコラス・ベントリーの楽しいイラストもユーモラスな味を醸《かも》し出しているが、このユーモアはじつは本書が成立する上でなにより不可欠なのである。やはり密室を扱っている第三長編の Withered Murder は、どちらかといえば陰鬱でサスペンスあふれるタッチになっており、そのことからも本書で作者がユーモアを意図して前面に押し出していることは明らかだ。すなわち作者は、密室内に被害者以外の人間（衣裳戸棚に閉じ込められたウェイトレス）がいるというユニークな状況と、きわめて独創的なトリックを十二分にいかすために、坂口安吾が『不連続殺人事件』で見せたように、作品全体をユーモアというオブラートに包み、独自の雰囲気を作り出しているのである。

現役最高の探偵を自負し、スコットランド・ヤードも一目《いちもく》置くヴェリティ氏。ペルセポリスと命名された自宅が骨董品のコレクションであふれ返っているというのも、いかにも名探偵のおもむきだ。二転三転するプロットに、疑惑が容疑者たちのあいだをいききする展開も、本格ミステリのファンにはたまらない。MWAの最優秀短編賞を受賞したエドワード・D・ホックの「長方形の部屋」も、密室内にふたりの人間がいる状況を提示しているが、ホックには本書が念頭にあったのかもしれない。

○『ベヴァリー・クラブ』（1952）米版はアンソニー＆ピーター・シェーファー名義で出版

ヴェリティものの第二長編は、ヴェリティが『衣裳戸棚の女』の直前に解決した事件という設定になっている。ヴェリティが商用の旅行から戻り、行きつけのクラブに顔を出したところ、そこで思いがけない事件の依頼を受けるというのが発端である。

クラブの会員のなかには、元判事殺害容疑で公判に付《ふ》され、アリバイが立証されたため無罪放免された男がいたが、彼はほかの会員たちに「真犯人をつきとめた」という手紙を送ったあと、車に轢《ひ》かれて死亡してしまった。この故人の無念を晴らすため、会員たちは協議し、調査費をクラブでもつことにして、事件の真相究明をヴェリティに頼むことにしたのである。問題の事件は、目撃者がナイフで刺された死体を発見して警察署に駆けこんでいるあいだに死体が部屋から消え失せ、庭に移動していたという、そもそもの発端からして不可思議な事件で、ヴェリティの捜査が進むにつれ、関係者すべてに動機があり、しかもすべてのアリバイが捏造《ねつぞう》されているという、やっかいな状況が明らかになる。手の込んだプロットと二転三転する展開はこの作品にも見られ、結末には意外な真相が待ち受けている。

○Withered Murder（1955） A&P・シェーファー名義で出版

シリーズ最後のこの作品では、ヴェリティはなぜかファゾム（探る、推測するの意。ヴェリティには真実という意味がある）なる偽名で登場し、ふたたび密室殺人の謎に挑む。ファゾムはコーンウォールの海に浮かぶ島にあるホテルへとやってくるが、それは十九世紀末にゴシック風に建てられたこのホテルの美術品を鑑定するためだった。ホテルには滞在客がすでに数人いたが、ファゾムは彼らをめぐる複雑な人間関係に気づく。トラブルの元凶《げんきょう》になっているのは、専横《せんおう》的で意地の悪い老女優シリア・ウィトリーで、滞在客のほとんどから煙たがられていた。シリアにひどい扱いを受けている秘書のヒラリー・スタントンの顔を見たファゾムは、かつて見たカメオに描かれていたメデューサの顔を連想し、不吉な予感を抱く。その虫の知らせは的中し、おりからの嵐で停電となったホテルの居間の暖炉近くの椅子の脇の床の上で、イヴニング・ドレスを血まみれにし、顔の肉が切り取られ、目をつぶされたシリアの惨殺体が見つかる。ヒラリーは犯行のあったとおぼしき時刻に居間のアルコーブ（部屋のなかで壁の一部を引っこませたところ）で手紙を書いていたが、シリアが居間に入ってくるのも、ほかの人間の姿も見なかったと頑強に主張する。だとすれば、犯行が可能だったのはヒラリーしかいない。さもなければ、完全な不可能犯罪ということになる。捜査はファゾムの手にゆだねられるが、嵐で電話線が不通となり、完全に孤立してしまったホテルではさらに思いがけない出来事がつづく。

密室内に被害者以外の人間がいるという状況は『衣裳戸棚の女』とも共通するが、こちらにも前作に劣らないじつに巧妙なトリックが使われている。嵐にとざされた孤島という黄金時代風のうれしい設定に、幾重にも張りめぐらされた伏線、さらに結末にいたるまでの驚きの連続は、まさに本格ミステリに精通したふたりならではのものである。

○「使用前、使用後」（London Mystery Magazine 16号／1953年6月）

シリーズ唯一の短編である本編は、密室殺人の謎に加えて難攻不落のアリバイを扱っている。頭を針状のもので刺された半身不随のカーマイケル夫人の死体を、つき添いの看護婦が夫人の部屋で発見する。死亡推定時は前夜の十時半から十一時のあいだ。くだんの看護婦は七時に夜勤の看護婦と交代し、夫人の夫リチャードとともに二十キロ離れた知人宅のパーティーへ出かけ、ブリッジをして帰宅したのは午前一時になってからだった。しかも、夜勤の看護婦は四六時中、夫人の部屋の外の廊下で待機しており、部屋にはだれも侵入できたはずがない。だが、ヴェリティは事件のあった日の午後に夫人を写した写真を見て、巧みなアリバイ工作と密室トリックを看破する。

ほかの二作がアメリカで出版されているのに対し、本書『衣裳戸棚の女』は英版が出たきりで一度も再刊されず、ファンのあいだではまさに伝説的な稀覯《きこう》本になっていた。それが紹介の機会に恵まれたことは、まことに喜びにたえない。

最後に、冒頭に引用した、一九七〇年二月十二日にロンドンのセント・マーチンズ劇場で初演され、同年出版された『スルース』のオープニングの密室の謎を解明して、この解説のしめくくりとしよう。ちなみに同戯曲は、ブラウン神父、フィリップ・トレント、マックス・カラドス、レジナルド・フォーチュン、ロジャー・シェリンガム、アルバート・キャンピオン、ナイジェル・ストレンジウェイス、ピーター・ウィムジイ卿、ギデオン・フェル博士、ムッシュー・エルキュール・ポワロなど、数々の名探偵に捧げられている。Cheers for listening!

名探偵セント・ジョン・メリデューは威厳たっぷりに立ちあがった。サンタクロースを思わせるその顔は、おちゃめな喜びに輝いていた。だぶついたチョッキから、フルーツケーキのかすをはらう。「警察はお手あげかもしれんが」と彼は声高にいった。「メリデューにかぎっては、そんなことはない。ちょっとした捜査と合理的な思考、それだけで十分だ。殺人犯のグレイソン医師は、三十年前にはロシア・バレエ団の名だたる一員で、オレグ・グレイシンスキーという名で踊っておった。歳月とともに見てくれは変わってしまったかもしれんが、かつてのわざは失っておらなんだ。やつはサービスのエリアを区切った白線の上をつま先立ちで歩き、テニスコートの中央まで死体を運んだ。そこからやつは死体をベースラインに沿ってそれが発見された五フィート先に投げすてたあと、巧みなフェッテ（バレエで軸足でない脚を連続してむち打つように出す動き）で回れ右をして、やってきた道のりを引き返した。かくして、痕跡を残さずに立ち去ったというわけだ。どうだね警部、そいつがこのメリデューの解決だよ」

検印
廃止

訳者紹介　1935年生まれ。埼玉大学英文科卒業。主な訳書に、カー「黒い塔の恐怖」（共訳）、ベイリー「フォーチュン氏の事件簿」、ガーヴ「諜報作戦／D13峰登頂」、バラード「永遠へのパスポート」などがある。2009年逝去。

衣裳戸棚の女

1996年12月27日　初版
2019年7月5日　4版

著　者　ピーター・アントニイ

訳　者　永《なが》　井《い》　淳《じゅん》

発行所　（株）東京創元社
代表者　長谷川晋一

162-0814/東京都新宿区新小川町1-5
電　話　03・3268・8231-営業部
03・3268・8204-編集部
URL　http://www.tsogen.co.jp
旭印刷・本間製本

乱丁・落丁本は、ご面倒ですが小社までご送付ください。送料小社負担にてお取替えいたします。

ISBN978-4-488-29901-9　C0197

名探偵の優雅な推理

The Case Of The Old Man In The Window And Other Stories

窓辺の老人

キャンピオン氏の事件簿◆I

マージェリー・アリンガム

猪俣美江子 訳　創元推理文庫

◆

クリスティらと並び、英国四大女流ミステリ作家と称されるアリンガム。

その巨匠が生んだ名探偵キャンピオン氏の魅力を存分に味わえる、粒ぞろいの短編集。

袋小路で起きた不可解な事件の謎を解く名作「ボーダーライン事件」や、20年間毎日７時間半も社交クラブの窓辺にすわり続けているという伝説をもつ老人をめぐる、素っ頓狂な事件を描く表題作、一読忘れがたい余韻を残す掌編「犬の日」等の計７編のほか、著者エッセイを併録。

収録作品＝ボーダーライン事件，窓辺の老人，
懐かしの我が家，怪盗〈疑問符〉，未亡人，行動の意味，
犬の日，我が友、キャンピオン氏

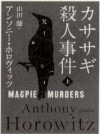